AF203680

Regina Page,

das ehemalige Flüchtlingskind aus Elbing in Ostpreußen, hatte in jungen Jahren niemals die Möglichkeit, eine kontinuierliche Ausbildung zu absolvieren. Ihre Jahre in Heimen, Erziehungsanstalten sowie in der Obhut kirchlicher und staatlicher Institutionen hinterließen Spuren. Auch an ihrer Seele.

Heute ist die Wahrheit- und Gerechtigkeit suchende Autodidaktin, die mit 65 Jahren einen Neuanfang als Schriftstellerin machte, mit Vorträgen und Geschichten über Heimkinder im ganzen Land unterwegs. Aber auch mit Lesungen aus ihren Büchern: *Der Albtraum meiner Kindheit und Jugend,* Engelsdorfer Verlag 2006/Kindle Edition 2010, *Stille Schreie,* Engelsdorfer Verlag 2009/Kindle Edition 2010, *Heimkinder in der Nachkriegszeit,* Engelsdorfer Verlag 2012, *Wenn der Wasserkocher nicht mehr kocht,* Verlag tredition 2012.

Für alle die, die neu aufstehen wollen …

Das rote Sofa

Kurzroman

von Regina Page

www.tredition.de

© 2012 Regina Page

Umschlaggestaltung, Illustration
(nach Bild von Regina Eppert):
DK Agentur/Dietlind Koch-Fecke
Lektorat/Korrektorat, Layout/Textdesign/
Produktion: DK Agentur/Dietlind Koch-Fecke

Verlag: tredition GmbH, Hamburg
Printed in Germany
ISBN: 978-3-8491-1891-4

Das Werk, einschließlich seiner Teile, ist urheberrechtlich geschützt. Jede Verwertung ist ohne Zustimmung des Verlages und des Autors unzulässig. Dies gilt insbesondere für die elektronische oder sonstige Vervielfältigung, Übersetzung, Verbreitung und öffentliche Zugänglichmachung.

Bibliografische Information der Deutschen Nationalbibliothek:
Die Deutsche Nationalbibliothek verzeichnet diese Publikation in der Deutschen Nationalbibliografie; detaillierte bibliografische Daten sind im Internet über http://dnb.d-nb.de abrufbar.

INHALT

P r o t a g o n i s t e n

BEATE, *arbeitet seit Jahren in einem Krankenhaus*

WERNER, *Beates (ehemaliger) Verlobter*

WALTER UND VERONIKA, *Beates Eltern*

PAUL UND MARIANNE, *Werners Eltern*

MARGRET, *Mariannes Nachbarin*

DER POLIZIST

MARKUS, *Beates Bekannter und neue Liebe?*

DER BUSFAHRER

Prolog

*D*ie Zukunft von Beate schien gesichert und für sie ein guter Weg fürs Leben festgelegt. Beate und Werner, verlobt, kannten sich seit ihrer Kindergartenzeit. Später waren sie in der Schule unzertrennlich. Von da ab waren auch die Familien befreundet.

Kein Tag verging, ohne sich an ihrer Zukunft zu orientieren. Bis zu einem Ereignis, an dem etwas geschah, das niemals hätte passieren dürfen. Der Mittelpunkt in Beates Leben schien zu wanken. Das geschützte Leben in der Familie zerbrach in tausend Scherben. Beate sah keine andere Lösung für sich, als den Ort für immer zu verlassen.

Den Schritt in ein anderes Leben beschloss sie kurzfristig. Zurückgezogen lebte und arbeitete sie weit weg von ihrem eigentlichen Zuhause, als ihr eine Zufallsbekanntschaft aus dem tiefen Loch ihres Lebens half. Seitdem ging Beate nach vielen Jahren wieder mit offenen Augen durchs Leben, nahm wieder die schönen Dinge ihres Daseins wahr, die nach einer Zeit der Freudlosigkeit wieder sichtbar für sie waren.

ERSTER TEIL

Steigerung der Lust

Wie die stolze Gastgeberin mit viel Eigenlob verkündete, war das gemeinsame Mahl noch nicht zu Ende. Eigentlich hatte sich Marianne vorgenommen, keine Süßigkeiten danach zu servieren, doch es half nichts: Sie musste ihrer Gewohnheit freien Lauf lassen. In einer großen Kristallschüssel präsentierte sie ihren Gästen eine Schokoladencreme.

„Nicht zu glauben", reagierte Paul genervt, als seine Ehefrau mit der riesigen Schüssel aus der Küche kam.

Auch Veronika und Walter wunderten sich. Er ließ sich von der Gastgeberin noch etwas von dem köstlichen Wein nachschenken, wobei er ihr sein Glas ein bisschen zu ungeniert entgegenhielt. Veronika blickte ihren Ehemann erstaunt an, übte er sich bei Einladungen doch eher in Zurückhaltung. Sie selbst lehnte ab: „Ich kann nichts mehr essen und auch keinen Wein mehr trinken." Sie griff nach ihrer kleinen Umhängetasche, um nach ihrem Lippenstift zu kramen.

Walter sah ihr dabei zu, während er an seinem Glas nippte. Was für einen schönen Mund sie hat, dachte er und blinzelte seiner Frau zu.

„Na, schmeckt es?", platzte Marianne in ihrer robusten Art in die Viererrunde. Nach all den Jahren hatte man sich daran gewöhnt, dass Marianne das Wort führte.

„Ja, ja, das hast du wieder gut gemacht", meinte Paul, in Gedanken bei seinem Gegenüber, Veronika.

Ein kleiner Augenblick reichte aus, Veronikas Verlangen nach einem erotischen Abenteuer mit Paul zu entfachen. Genau in dem Moment, als

Marianne die Schokoladencreme auf den Tisch stellte, kamen sie sich unterm Esszimmertisch näher. Zunächst fürchtete sich Veronika panisch davor, einen Schritt zu weit zu gehen. Doch Paul blieb beharrlich mit seinem Fuß an ihrem. Was zum Teufel soll das werden, dachte Veronika, während er weiter, wenn auch mit Vorsicht, seinen großen Zeh an ihrem Fuß rieb. Sie schaute in die Runde: Marianne und Walter waren ins Gespräch vertieft, unmöglich also, dass sie Pauls Anbandelungsversuche bemerkten.

Unterm Tisch arbeitete Paul sich langsam an ihrem Bein empor, bis er an ihrem Oberschenkel angelangt war. Irritiert starrte Veronika auf ihren Teller. Mitten auf dem Tisch stand die Silberplatte mit dem abgenagten Hühnergeripe, garniert mit einem Rest Weinsauce und Gemüse, die Schüssel mit der Schokoladencreme beinahe unberührt.

Veronika blickte vorsichtig umher. Sie sah ihren Ehemann, der an seinem Glas nippte, und Marianne, die einen intensiven Monolog führte.

Walters unablässiges Streicheln ihrer Beine hatte ihre Lust geweckt, besonders jetzt, da sich seine Berührungen mit kleinen zuckenden Bewegungen an ihrem Oberschenkel verstärkten.

Unvermittelt erhob sich Paul und sagte zu Marianne, seiner Frau: „Ich möchte Veronika mal den Vorratsraum zeigen."

Sie schien von seinem Vorschlag kaum Kenntnis zu nehmen. Angeregt unterhielt sie sich weiter mit Walter, und keiner der beiden ahnte, was sich da entwickelte. Paul nahm Veronika an die Hand und führte sie durch den Flur zur Kellertreppe. Er schien es eilig zu haben. Sie spürte sein Verlangen nach ihr, und dieses Gefühl übertrug sich auf sie, es war ein Gefühl, das sich schon lange nicht mehr bei ihr gemeldet hatte …

Ihr Wunsch, mit Paul allein zu sein, verstärkte sich zunehmend. Auf der Treppe nach unten fummelte Paul an seinen Hosenknöpfen. Veronika zog ihren Rock nach oben, um an die Strumpfhose zu gelangen. Der Lippenstift verwischte. Im

Moment der Erwartung empfand sie dies als lästiges Übel.

Mit heftigem Ruck schubste er sie ans Regal. Mit einer Hand machte er sich an ihrer Strumpfhose zu schaffen, mit der anderen riss er ihr das rote Spitzenhöschen von den Beinen. Jetzt ließ auch er seine Hose herunter, während sie machtvoll ihre Beine um seinen Körper klammerte. Sie suchte Halt am Regal. Mit ihren Händen umklammerte sie eine Stange, die dem Gestell als Stütze diente. Lustvoll stemmte sie sich Pauls Körper entgegen.

Beide waren sie so in Wallung geraten, dass sie selbst das Klappern der Einmachgläser nicht mehr wahrnahmen. In ihrer Lust blendeten sie vollständig aus, wo sie sich befanden, ja, vielmehr erschien ihnen das Klappern der Gläser wie eine Melodie.

Endlich erfüllte ihr Paul den so lange herbeigesehnten heimlichen Wunsch. Genauso hatte sie es sich schon immer vorgestellt: es einmal im Stehen zu machen. Veronika klammerte sich mit ihren Beinen fest an Paul – auch er befand sich im

Zustand höchster Erregung, den er mit allen Mitteln noch ein bisschen hinauszögern wollte. Je ungestümer die Lust wuchs, desto mehr begann das Regal an Gleichgewicht zu verlieren. Paul hatte gerade seinem glückseligsten Gefühl freien Lauf gelassen, als geschah, was nicht vorgesehen war: Das hohe Regal war nicht länger zu halten und stürzte mit voller Wucht auf die beiden.

Katastrophe im Vorratsraum

Walter saß auf dem Sofa, schaute ins dritte Glas Wein und war mit Marianne angeregt im Gespräch vertieft. In einem Moment überschäumender Rede, eher untypisch für den Mann, wurde er abrupt durch Lärm aus dem Keller unterbrochen. Irritiert sahen sie sich an. Der

Vorratsraum war Mariannes Ein und Alles. Sie lauschten. Stille folgte. Das versprach nichts Gutes.

Fürchterliches ahnend stürzte Marianne schnaufend die Stufen zum Keller hinunter. Wollte Paul Veronika nicht den Vorratskeller zeigen? schoss es ihr durch den Kopf. Andererseits: Was sollte an ihrem Eingemachten so bemerkenswert sein? Warum um alles in der Welt wollte Paul Veronika ausgerechnet diesen Raum zeigen, hatte er sich bislang doch noch nie um ihren Vorrat gekümmert? Und wenn er überhaupt davon sprach, dann nur, um damit anzugeben. Und Veronika? Kannte sie denn nicht das Haus, und war sie nicht auch schon mit ihr in den Keller gegangen, um sich die Schätze aus dem Garten zeigen zu lassen?

Marianne erinnerte sich daran, dass Veronikas Interesse an ihrem Vorrat eher untergeordnet war. Nur aus Höflichkeit hatte sie ihr, Marianne, zugehört, als sie enthusiastisch von ihrem Obst und Gemüse erzählt hatte.

Was aber Marianne, unten angekommen, erblickte, übertraf ihre schlimmsten Albträume. Zerschmettert lagen Gläser mit Konfitüre und Gemüse auf dem Boden des Vorratsraums verstreut – die Arbeit eines gesamten Jahres.

Just in dem Moment als sie wutschnaubend in den Keller eindrang, versuchte Veronika sich das rote Spitzenhöschen über den rechten Fuß zu ziehen, was ihr jedoch nicht schnell genug gelingen wollte. So stand sie ziemlich unsicher mit einem Bein in brisanter Stellung im Vorratsraum. Aufgeregt schwankte sie hin und her und verfehlte dabei den Tritt ins Höschen. Sie hielt sich an der Wand fest, versuchte es wieder, bevor sie von Marianne in dieser angespannten Situation erwischt wurde.

Als Marianne plötzlich schnaufend um die Ecke raste und so wutentbrannt im Türrahmen stand, sah sie unwillkürlich auf Veronikas nackte Beine. Und bevor sie begriff, warum Veronika fast unbekleidet vor ihr stand und sich ihr rotes

Spitzenhöschen an der einen Seite über ihre Beine zog, ging es ihr erst mal nur um ihre rote Konfitüre.

Erst dann sah sie bewusst auf Veronikas schöne Beine und bemerkte, wie diese sich krampfhaft an der Wand festhielt und es so noch gerade schaffte, in ihre Unterwäsche zu schlüpfen.

In dem Moment holte Marianne intuitiv aus und schlug mit voller Wucht auf Veronika ein. Die zog den Kopf zurück. Nur einige Sekunden später wäre Mariannes Faust voll in ihrem Gesicht gelandet.

Der Schlag wäre Veronika nicht gut bekommen. Denn die Schlagkraft von Marianne mit ihren starken Armen hatte etwas Gefährliches an Kraft. Mit Gegenwehr konnte sie sich als kleines Persönchen bei dieser Frau nicht helfen.

„Du hinterlistiges Miststück", waren Mariannes erste Beschimpfungen. Sonst eher als liebevoll bekannt, war mit ihr nicht zu spaßen, wenn es um ihre Vorräte ging. Sie geiferte und zischte ihr zu:

„Du blödes Weib, mach, dass du hier raus kommst."

In dem Augenblick als sie sich gegenüberstanden, fürchtete Veronika geradezu den Zorn ihrer Gastgeberin. Das war nicht mehr die Frau, wie sie jeder kannte.

Dieses kleine Biest, ging es Marianne durch den Kopf, bei der hatte ich schon immer ein sonderbares Gefühl, dass von ihr etwas von List und Tücke ausgeht.

Veronika wollte an Marianne vorbei, doch diese stand weiterhin mit ihrer gesamten Körperfülle im Türrahmen, und so kam sie an ihr nicht vorbei. – Bis zu dem Augenblick, als Marianne ihren Blick in Richtung umgestürztes Regal wandte und das Ausmaß der Katastrophe erblickte: Marianne sah ihr gesamtes Eingemachtes am Boden liegen. Veronika kauerte sich nieder und huschte dann an ihr vorbei, als Marianne sich einen Schritt nach vorn bewegte. Sie hörte noch Mariannes Schrei, als sie fluchtartig die Treppe nach oben lief.

„Meine Konfitüre, meine ganze Arbeit", schrie Marianne wutentbrannt. Das Ausmaß ihrer Arbeit konnte sie nämlich erst jetzt erkennen. Alles lag verstreut unter dem Regal. So wie sie es in einem kräftigen Rot in der Erdbeerkonfitüre hinbekommen hatte, war es jetzt nur noch ein rotes Etwas, vermischt mit Glas und vielen Schraubverschlüssen. Marianne stand wie gebannt im Türrahmen, hielt sich fest an der offenen Tür. Sie fasste an die Türklinke, ging einen Schritt nach vorn.

Es traf sie ein weiterer Schlag. Sie bemerkte wohl, dass unter dem Regal etwas lag, was sie nicht gleich erkennen konnte. Näher an den Ort von Scherben wollte sie sich aber nicht wagen. Eine Beugung ihres Körpers verschaffte ihr den Blick auf den gesamten Scherbenhaufen.

Marianne sah einen Schuh aus dem Haufen hervorragen. In dem Augenblick, als sie begriff, dass es der Fuß ihres Ehemannes sein musste, war sie beinahe einem Ohnmachtsfall nahe. Ein stechender Schmerz im Kopf verursachte, dass plötzlich jener Schmerz in ihrem ganzen Körper zu spüren war. Ein kurzer Aufschrei; zu mehr war sie in ihrer Lage nicht fähig.

Noch einen kleinen Schritt weiter und sie sah ihren Paul unter dem Regal liegen. Der Kopf lag seitlich, sie konnte sein Gesicht nicht vollends sehen. Sie entdeckte wohl eine Wunde an seiner Stirn, aus der Blut herausgequollen war.

„Das kann auch Konfitüre sein", sprach sie vor sich hin. „Dieses Schwein, kippt mir das ganze Regal um", und bevor sie wirklich begriff, was hier stattgefunden hatte, kamen die Farbe in ihrem Gesicht und ihre Lebensgeister wieder zurück.

Zu retten war hier nichts mehr. Marianne entschloss sich, obwohl sie ihrem Mann die Schuld für den Verlust ihrer Konfitüre gab, für ihn doch einen Notarzt zu rufen. Sie drehte sich um, wollte aus der Tür hinaus und in den obersten Stock zum Telefon gehen; da fiel es ihr wie Schuppen von den Augen: Was hätte nie passieren dürfen, ist hier in ihrem Hause passiert. Er hatte sich mit Veronika in ihrem Keller vergnügt.

Marianne sah auf etwas, dass ihr das Blut in den Adern erneut erstarren ließ. Sie blickte zu der Stelle, wo Veronika an ihrem Oberschenkel herumgefummelt hatte. Es war eine zusammengewurschtelte Strumpfhose. Marianne versuchte sich zu vergewissern. Mit den Schuhspitzen nestelte sie das nasse Teil auseinander; es war Veronikas Strumpfhose.

Sie drehte sich zurück mit ihrer ganzen Körperfülle, sah auf das, was sie vermutete und schaute jetzt noch etwas genauer hin. In die Richtung, wo sie Pauls Fuß gesehen hatte. Da lag ihr Ehemann im Dreck. Sie sah lange auf ihn herab. Berühren wollte sie ihn nicht. Marianne lenkte den Blick ganz auf ihren Ehemann, wie er da unter einem Gemisch von Scherben, roter Konfitüre und Schraubdeckeln lag. Sie sah auf seine heruntergelassene Hose die von allem besudelt war. Und sie begriff. Es ekelte sie an. Sie wurde etwas ruhiger.

Doch war ihr Mund trocken mit einem bitteren Geschmack und von den Ereignissen war sie tief getroffen.

Marianne atmete schwer, ihr Herz klopfte laut. Sie war jetzt in einem Zustand von unglaublicher Wut. Es kam ein Gefühl in ihr auf, dass man mit Mordlust vergleichen könnte. Für sie verging eine Ewigkeit, wie sie so vor ihm stand, und doch waren es nur wenige Minuten. Mehr an Demütigung wollte sie nicht an sich heranlassen. Sie ging einen Schritt nach vorn, nahm das letzte Glas des roten Eingemachten, das noch den Halt im schrägen Regal fand, hielt es fest in ihrer kräftigen Hand. Lange überlegen brauchte sie nicht. Mit geballter Kraft holte sie aus und schmiss das letzte Glas Konfitüre mit voller Wucht auf Pauls Kopf. Das Glas zersprang, es gab einen stumpfen Knall. Mehr hörte sie nicht.

Sie sprach laut, sehr laut, es schallte durchs ganze Haus. „Nun gut, du hast mich jahrelang hintergangen, was ich geduldet habe." Mariannes

Stimme überschlug sich: „Aber hier in meinem Hause dulde ich deine Schweinereien nicht." Mariannes dunkle Seite offenbarte sich.

Das Regal, das sich noch als einziges in einer Schieflage befunden hatte, fiel nach Mariannes Schlag mit voller Wucht, direkt auf Pauls Körper. Ob Paul die Worte Mariannes noch hören konnte, war ungewiss.

Walter bringt Veronika nach Hause

Veronika war noch nicht ganz im Flur angekommen, da fasste eine Hand nach ihr. Mit so einem kräftigen Griff hatte Walter sie gepackt, dass sie beinahe über ihre eigenen Füße gestolpert wäre. Er zog sie aus dem Haus. Er war der Einzige in jener Abendrunde, der sofort begriffen hatte, was hier um Mitternacht geschehen war.

Veronika war in den Jahren der Ehe unzufriedener geworden. Sie hatte das Gefühl, etwas versäumt zu haben. Sie war in gewisser Weise von ihrem Wesen her eher oberflächlich und quatschte viel Unsinn daher. Gern lief sie zur Nachbarin. Dort ging es schon in den Vormittagsstunden in der Unterhaltung um Tratsch, Klamotten und die neuesten Geschichten von irgendwelcher Prominenz. Einen Ausrutscher hatte sie sich aber nie erlaubt.

Die lange Straße vom Ende bis zum Anfang des Ortes schien endlos; es war dunkel und es drang kein Licht auf die beiden. Von irgendwoher war Hundegebell zu hören.

Walters Stimmung war auf dem Nullpunkt. Er hielt nicht mehr ihre Hand, das war das Einzige, woran sie erkennen konnte, dass er richtig böse auf sie war. Fast unheimlich. In dieser Nacht fühlte sie sich fremd in dieser Gegend, die Veronika kannte wie keine andere in dieser Stadt. Sie fühlte sich elendig und einsam neben ihrem Ehemann. Stumm lief sie neben Walter. Was sollte sie ihm auch sagen? Wie konnte sie auch jetzt von ihm seinen Trost erwarten?

Die Straßenbeleuchtung war schon längst abgestellt. Nur der Schein aus einem kleinen Fenster von gegenüber, das beleuchtet war, brachte ein wenig Licht auf ihren Weg. Veronika wagte kaum, ihren Blick in seine Richtung zu lenken. Dennoch suchte sie in dem Lichtstrahl, bevor sie beide daran vorbei waren, Augenkontakt mit Walter. Er bemerkte das. Veronika war der Hölle nah, als sich ihre Blicke in diesem kurzen Moment trafen. Sie sah in eiskalte Augen, die ihr vor Verachtung wie ein scharfes Messer ins Herz stachen. Schnell wandte sie ihren Blick von ihm. Sie spürte, wie er, von der Seite aus, weiter auf sie herabsah. Es ist gut, dachte sie, dass es dunkel ist. *Was wusste er eigentlich von ihrem Aufenthalt im Vorratsraum? Genaues konnte er nicht wissen.*

Mit dieser Mutmaßung wollte sie sich im Stillen beruhigen. Im Gleichschritt liefen sie nebeneinander her; weit konnte es nicht mehr sein. Und doch – der Weg zu ihrem Haus wollte nicht enden. Veronika war einem Zusammenbruch nahe. Sie spürte die Kälte an ihren Beinen. Die Füße steckten in ihren Pumps, die ihr durch Reibung an den Hacken Blasen verursachten. Veronika kam sich durch und durch unsauber vor. Ein Weg durch die dunkle Nacht mit unglaublichen Gefühlsschwankungen. Der Weg muss doch bald zu Ende sein, dachte sie. Bis sie endlich vor ihrer Haustür standen.

Walter schloss die Haustür auf, ließ Veronika den Vortritt, so wie er es immer tat, wenn sie zusammen ins Haus gingen. Es war ihr, als wäre die Missstimmung bei ihm verschwunden.

„Willst du einen Kaffee oder lieber einen Tee?", fragte er sie und war schon auf dem Weg zur Küche.

„Einen Tee", kam aus ihrem Mund.

Er nickte ihr zu, sah sie aber nicht an, sondern vermied den Blickkontakt. Im Flur zog er seine Hausschlappen an. Es war eigentlich wie immer, wenn er nach Hause kam. So ganz konnte sie sich Walters Verhalten nicht erklären. Er tat so, als wäre nichts geschehen. Er beschimpfte sie nicht, machte keine Bemerkung über ihr Verschwinden in den unteren Räumen der Gastgeber.

Veronika spürte jedoch eine Veränderung in seinem Verhalten ihr gegenüber. Es war etwas, das sie von Walter nicht kannte. Seit sie Mariannes Haus fluchtartig verlassen hatten, war eine gewisse Distanz zwischen ihnen; das hatte sie sofort bemerkt, nachdem er sie ruppig mit nach draußen auf die Straße gezogen hatte. Nach zweiundzwanzig Ehejahren machte sie seine Überlegenheit in dieser Situation aus.

Er stellte ihr den Tee auf den Wohnzimmertisch und setzte sich zu Veronika, die auf ihrem geliebten roten Sofa saß. Veronika kuschelte sich in die Kissen.

Jetzt in diesem Moment sah er sie mit seinen blauen Augen eindringlich an. Sie wich seinem Blick aus. Er sah forschend weiter in ihre Richtung. Er wollte erreichen, dass seine Frau zu ihm schaute.

Nie war ihr der Gedanke gekommen, dass er so hartnäckig sein könnte. Was bezweckt er mit seiner Hartnäckigkeit, mich so fragend anzusehen, fragte sie sich. So kannte sie ihn nicht, seit sie damals überraschend seinen Heiratsantrag bekam.

Sie griff zur Tasse Tee, schien damit sehr beschäftigt zu sein. Walter sah ihr zu. Ohne etwas zu sagen, nahm er ihre Hand, die sie noch fest an ihrer Teetasse hielt, stellte die Tasse auf den Tisch zurück, ohne auch nur einen Blick von ihr zu lassen.

Ich halte das nicht mehr aus, dachte sie.

„Was sagen wir unserer Tochter, wenn sie mit Werner aus dem Urlaub zurückkommt?", fragte er sie.

Erst jetzt hob Veronika ihren Kopf und sah ihn an. „Oh mein Gott, ich habe Beate ganz vergessen." Das Blut schoss ihr in den Kopf. „Ich weiß es nicht", und sie sackte in sich zusammen.

Es wurde ihr bewusst angesichts der heiklen Situation, in der sie sich befand, was sie angestellt hatte. „Können wir morgen darüber reden?", bat sie ihn kleinlaut. „Mir geht es nicht gut, ich bin sehr müde."

Seine Gutmütigkeit und seine großmütige Art waren es, die ihn sagen ließen: „Für heute ist es genug, gehen wir schlafen." Etwas besorgt um seine Veronika, ging er mit ihr die Stufen zu den Schlafräumen hinauf.

Heute jedenfalls wollte er ganz sicher nicht mehr über die Verfehlungen seiner Frau nachdenken.

Mariannes „Absturz"

Marianne bewegte sich kaum; sie stand vor dem Scherbenhaufen und sah auf ihre Füße, die schwer, wie von einer Kette umschlungen, waren, aus der sie nicht mehr herauskam. Ganz langsam versuchte sie, sich, einen Schritt vor den anderen setzend, zu bewegen. Der Blick auf ihre Füße zeigte ihr die festgebundenen Schnürsenkel, die sie seit vielen Jahren mit einem Doppelknoten verband.

„So habe ich einen Halt in den Schuhen, ich brauche diesen Halt", sagte sie leise vor sich hin – in einem Anfall von totaler Unsicherheit.

Es gelang ihr nicht, die Füße in Bewegung zu setzten. „Ich muss nach oben, ich muss hier weg." *Wenn ich den Schnürsenkel öffne, den Knoten löse, dann werde ich nach oben laufen können.* „Ja, so mache ich es", sagte sie laut nach ihren Überlegungen.

Mit ihrer ganzen Körperfülle bückte Marianne sich und versuchte, mit ihren klebrigen Händen an die Schnürsenkel zu gelangen. Beim zweiten Versuch bekam sie einen Senkel in die Finger; sie zog daran und zog die Schnürsenkel dadurch noch fester zusammen.

„Ich muss die Schuhe ausziehen", sagte sie, nahm den einen Schuh zur Hilfe, drückte damit an die Hacken und befreite sich so von dem linken Schuh, ohne dabei die Schnürsenkel zu öffnen. So wie sie es geschafft hatte, sich von dem linken Schuh zu befreien, nahm sie nun mit letzter Kraft die rechte Hand und hielt ihren Körper etwas seitlich, um sich auch von dem rechten Schuh zu befreien.

„Ich muss nach oben", sagte sie immer wieder „Ich muss nach oben". Marianne bewegte ihre Füße, sah weiter nach unten. Langsam, Schritt für Schritt.

An der Tür vom Vorratsraum angelangt, hielt sie sich am Türrahmen fest. Marianne brauchte

Halt, sie bewegte sich langsam zum Treppengeländer. Sie umklammerte mit ihren kraftlosen Händen den Lauf und zog sich mühsam die Kellertreppe nach oben.

Marianne oben angekommen, war überrascht, wie hell es in den Räumen war. Sie lief in die Küche.

Der Bratentopf stand noch auf dem Kohleherd. Verblüfft über die Reste vom Brathuhn verharrte sie vor dem Herd, schüttelte verwirrt den Kopf und wusste nicht mehr, warum der Topf dort stand.

Was sie jetzt dringend brauchte, war etwas Wärme. Die Hände hielt sie reibend über die Herdplatte, so wie sie es immer tat, wenn sie nach getaner Gartenarbeit wieder ins Haus zurückkam.

Frierend und von den Ereignissen gezeichnet, sah sie in den Ofen hinein, und sie wunderte sich, dass die erhoffte Wärme sie heute nicht erreichte.

Die Realität des Tages war von ihr gewichen. Marianne lief ins Esszimmer, währenddessen sah sie auf ihre Füße. „Wo sind meine Schuhe?", rief sie. Sie bückte sich, sah unter den Tisch. „Die Schuhe, wo sind meine Schuhe?"

Fast behutsam, mit einem suchenden Blick in Richtung Pauls Platz, setzte sie sich. Marianne saß ihrem Mann immer am Esszimmertisch gegenüber. *Wo ist Paul?*

Besonders bei festlichen Gelegenheiten, oder wenn sie Besuche hatten, hatten sie ihren festen Platz. Sie sah hinüber, als würde er sich jeden Moment dazusetzen. Er sollte aber jetzt bei mir sein, nuschelte sie vor sich hin.

Mit über der Brust verschränkten Armen saß Marianne dort, mit dem Blick ins Leere, bis sie erschreckt aufhorchte.

Die Nachbarin

Es klopfte lautstark am Fenster. Marianne begriff nicht, was das für ein Geräusch war und warum sie überhaupt hier saß. Wie aus weiter Ferne vernahm sie Stimmen, die lauter wurden.

„Marianne, Marianne, mach doch die Tür auf!"

Margret, die Nachbarin, war auf das Licht im Haus aufmerksam geworden. Sie rief und klopfte weiter, es schien ihr in fast fünfzig Jahren Nachbarschaft ungewöhnlich, dass das Haus in den frühen Morgenstunden so hell erleuchtet war.

Marianne fühlte sich durch die Laute gestört und bewegte sich gemächlich zur Haustür. Der kurze Schlaf am Tisch und die Ereignisse in der Nacht waren nicht spurlos an ihr vorüber gegangen.

„Guten Morgen, Marianne!" Eine kurze Begrüßung, und die Nachbarin verstand, dass hier etwas geschehen sein musste.

„Margret, was machst du denn hier?", fragte Marianne die Nachbarin, die an ihr herunterschaute und sah, wie ihr Kleid an so manchen Stellen mit einem klebrigen Etwas bekleckert war. Die Haare durcheinander, mit nackten Füßen stand sie vor ihr.

Ungewöhnlich bei dieser Frau, dachte Margret. Zusammen gingen sie in die Küche. Margret war selten bei Marianne, doch konnte sie an der nicht aufgeräumten Küche erkennen, dass es nicht Mariannes Art war, wie sie ihren Haushalt führte. „Soll ich dir helfen, Marianne?"

Es kam keine Antwort von ihr und so machte sich Margret daran, einen Kaffee vorzubereiten. Marianne hatte sich am Küchentisch in die letzte Ecke gesetzt und sah fortwährend auf ihre Füße „Wo sind denn bloß meine Schuhe?", fragte sie.

Margret ging in den Flur, dort hatte sie einen Schuhschrank gesehen. Bei dieser Gelegenheit schaltete sie die Lichter in den Räumen aus. Die Tür zu den Kellerräumen stand offen; sie sah hinunter löschte auch hier das Licht und zog die Tür zur Kellertreppe zu. „Hier hast du ein paar Latschen." Sie schob ihr die Hausschuhe direkt vor ihre Füße.

Apathisch schob Marianne ihre Füße in die Pantoffeln hinein. Margret machte sich an dem Kochherd zu schaffen. Sie schob den Bratentopf an die Seite und nahm die Ringe von der Kochstelle. Die dünnen Holzscheite legte sie mit etwas Zeitungspapier in den Ofen und entzündete ein Feuer. Es war schon bald eine angenehme Wärme zu spüren. Den Kaffee stellte sie für Marianne auf dem Tisch.

Margret war keine Freundin von ihr, sie kannten sich noch aus ihrer Schulzeit. Mit dem Übereifer, mit dem Marianne schon in jungen Jahren als Hausfrau den Haushalt betrieb, konnte sie nicht viel anfangen. Sie war einen anderen Weg gegangen, war, dem Rat ihrer Eltern folgend, in die Stadt gezogen, um dort ihr Studium zu beginnen. Als Lehrerin einer Realschule blieb sie damals gleich in der Stadt. An den Wochenenden oder zur Ferienzeit war es ihr vergönnt, sich in dem Haus ihrer Eltern erholen zu können.

Margret war überzeugt, dass ein Eheleben für sie nicht in Frage kam, und sie vermisste das Hausfrauendasein auch nicht. In ihrer Freizeit beschäftigte sie sich mit ihren gesammelten Büchern, in denen sie sich der Kunst verschrieben hatte. Oft sah sie mitleidig hinüber in Mariannes Garten, wenn sie wieder ihrer Plackerei nachging. Einen kurzen Gruß über den Zaun, mehr an Verbindung hatten die beiden in den vielen Jahren nicht. Doch heute spürte Margret, dass Marianne dringend ihre Hilfe brauchte.

Sie setzte sich zu ihr an den Küchentisch. „Als ich heute am Morgen das Fenster öffnete, sah ich überall das Licht brennen". Margret versuchte, ein

Gespräch mit ihr zu führen. Die erste Tasse Kaffee hatte Marianne schon getrunken und Margret nahm an, sie würde so langsam wieder zu sich kommen.

Nach dem, was sie hier entdeckt hatte, sah es so aus, als wären Besucher hier gewesen. Vielleicht hatte Marianne gestern etwas mehr als sonst getrunken und würde sich bald wieder erholt haben.

„Ja, ja", sagte sie vor sich hin murmelnd. „Gut, dass du da bist."

Margret fing an, das Geschirr in die Spüle zu stellen, wischte den Tisch sauber und setzte sich wieder zu ihr. „Wer war denn gestern bei euch, habt aber kräftig gefeiert, oder?".

Der Versuch, mit ihr ins Gespräch zu kommen, schien Margret nicht zu gelingen. Sie sah jetzt genauer hin, erkannte, wie Mariannes Blick weiter ins Leere ging. Sie schien verwirrt zu sein. War es eine kurze Lebenskrise oder brauchte sie ärztlichen Beistand?

Margret konnte das nicht erkennen. „Wo ist Paul"?, fragte sie. Er könnte seiner Frau doch helfen, fand sie. Marianne hob ihren Kopf „Ach ja, Paul, der schläft noch".

Dorffreundschaft

*D*ie Einladungen gingen abwechselnd, mal zu Paul und Marianne, und alle zwei Jahre war bei ihnen eine Einladung fällig.

Vor vielen Jahren waren sie sich begegnet. Beate und Werner waren in dem Alter, sie im Kindergarten anzumelden. In der ersten Stunde waren die Kinder zur Probe allein im Spielzimmer, während die Eltern vor dem Eingang auf ihre Kinder warteten. Das war der Anfang ihrer Freundschaft.

Veronika kochte nicht gern und besorgte vorgefertigte Speisen, die der Anlass für Marianne waren, ihren Lästereien freien Lauf zu lassen. Sie machte das sehr geschickt, indem sie von ihrem Garten erzählte, wie frisch doch das Gemüse sei, was sie dort ernten konnte. „Macht aber auch viel Arbeit und …" – und darauf hinweisend, „… man muss auch früh aufstehen, wenn es geschafft werden soll."

Marianne pries insbesondere ihre Erdbeerkonfitüre an. Die mütterliche und nach außen gekehrte Freundlichkeit waren oft von versteckten heimlichen Gemeinheiten geprägt.

Walter nahm das gelassen hin; er durchschaute ihr Spiel. Seine Veronika mit ihrer unkomplizierten Art, war ihm lieber.

Überhaupt … Veronika – im Ort war sie sehr beliebt. Sie hatte ihren Beruf als Friseuse nach der Heirat aufgegeben, aber ihrem Handwerk war sie treu geblieben. An manchen Tagen war sie bis in die Abendstunden unterwegs und machte das, was sie gelernt hatte, in der Nachbarschaft weiter. Walter war stolz auf seine Frau.

Veronika und Walter

*D*as Wohnhaus von Veronika und Walter stand gleich am Ortsanfang. Das Ehepaar war in den Achtzigerjahren in den kleinen Ort gezogen. Sie waren die „Zugereisten", obwohl sie das Haus von Walters Eltern bewohnten, waren sie „die Fremden" geblieben.

Veronika, an die Großstadt gewöhnt, war aber als junge Frau begeistert, auf dem Land wohnen zu können. Ihr Ehemann übernahm zu dieser Zeit das Haus seiner Eltern, die sich damals entschlossen, in eine Seniorenresidenz zu ziehen.

Einige Möbelstücke kamen von den Eltern. Viel an Neuanschaffungen brauchten sie nicht. Im Wohnzimmer stand ein alter Schrank, der mit Porzellan bestückt war. Das Sofa erzeugte eine außergewöhnliche Gemütlichkeit. Walter wollte das Stück entsorgen, doch Veronika hatte sich in die Art des Sofas leidenschaftlich verliebt. Also stimmte Walter zu und das rote Sofa mit den Rundungen und den Schnörkeln blieb im Haus.

Veronika war in der Stadt jahrelang als Friseuse tätig. Der Laden, in dem sie den Damen die Haare frisierte, lag mitten im Zentrum. Fast hätte sie ihren zukünftigen Ehemann damals übersehen. Er war einer der wenigen Herren, die sich in dem Friseursalon alle sechs Wochen, die Haare schneiden ließ.

Veronika war gerade mit einer Dame beschäftigt, die noch die Nägel lackiert haben wollte. Die Kollegin meinte an diesem Tag, ihr den unscheinbaren Mann „zuschieben" zu müssen. „Heute kannst du ihm mal die Haare schneiden. Ich sage ihm, dass du gleich kommst."

„Ich bin aber noch nicht fertig, die eine Hand muss ich noch machen." Veronika wollte nicht.

Die Kollegin ging zu Walter. „Veronika wird gleich bei ihnen sein, einen Augenblick bitte".

Walter, ein genügsamer Mensch, erwiderte: „Das macht nichts, ich warte."

Veronika fauchte ihre Kollegin an – so, dass die Kundin, an der sie gerade die letzte Hand bearbeitete, sie nicht hören konnte. Veronika bückte sich und zischte zu ihrer Kollegin herüber: „Du blödes Weib", während diese ihr mit ausgestreckter Zunge zu verstehen gab: „Ich habe es dir gegeben …!"

Veronika beeilte sich nicht. Sie fummelte weiter an der Hand der Kundin, gab ihr etwas zu trinken, während Walter geduldig auf sie wartete. Mit einem Wink der Kollegin und dem Hinweis, „man" sollte jetzt endlich den Herrn bedienen, zischte sie Veronika an.

„Man", wen meint sie damit? Ich bin Veronika und nicht „man".

Veronika ging zu dem Platz, der für die Herren gedacht war. „Verzeihen Sie bitte, aber ich war noch mit der Kundin beschäftigt", sagte sie. Sie holte die Tasche mit ihren Scheren von ihrem Platz und fing an, den Haarschnitt auf Walters Kopf zu bearbeiten. „Viel müssen wir ja nicht schneiden …"

„Nein, machen Sie es nur etwas kürzer", antwortete Walter.

Veronika schüttelte den Kopf, ohne dass es Walter sehen konnte. Verschmitzt lächelte sie. „Da ist ja wirklich nicht viel zu machen", sagte sie noch einmal zu ihm – und sie dachte: Er hat ja mehr Fusseln als Haare auf dem Kopf …, da sie schon mit dem Schneiden der spärlichen Pracht fertig war.

Als er von seinem Stuhl aufstand, drehte sich Veronika zu Walter, und sie sahen sich direkt in die Augen. Veronika war verblüfft. Was waren das für stechende Augen und was für ein Blau … Wie er sie so ansah, stieg ihr das Blut in den Kopf und ihre Wangen erglühten vor Scham.

Sie rief ihre Kollegin, die mit Walter abrechnen sollte. Die kleinen Reibereien waren vergessen. Veronika lief in den Nebenraum, um ihre Wangen zu kühlen. „Ist er weg?", fragte sie nach einigen Minuten.

„Ja, ja, komm schon raus. Er ist gegangen. Was war denn los?"

„Nichts …, ich musste mich nur mal etwas frisch machen."

Veronika wollte von jener Begegnung ihrer Blicke nichts erwähnen. Es war ihr peinlich. Walter war kein attraktiver Mann, mit dem junge Frauen einen Flirt anfangen würden. Sie, vom Blickkontakt mit Walter noch ganz benommen, würde sich der Lächerlichkeit preisgeben, sollte sie von diesem Augenblick erzählen.

Spätestens am nächsten Tag konnte sie damit rechnen, dass die Kollegin sie aufziehen würde.

Sie schwieg. Sie wollte dem keine weitere Bedeutung schenken.

Doch Walters Blick ließ sie nicht los und ging ihr durch den Körper, und sie musste sich eingestehen, dass sie mehr, als es ihr lieb war, an Walter denken musste.

Veronika wird überrascht

In Veronika war nach einigen Besuchen Walters im Friseurladen eine Veränderung vor sich gegangen.

Pünktlich kam Walter nun schon nach einer Vier-Wochenfrist in den Friseurladen. Er wartete auf Veronika, bis sie nur für ihn die Zeit ansagte, wann sie ihm seine Haarfusseln schnitt. Veronika war schon fast so weit, ihm sagen zu müssen:

„Lassen Sie sich doch gleich von mir eine Glatze rasieren."

Oft saß Walter lange auf dem Platz, wo er immer saß, wenn er auf „seine Friseuse" wartete. Er war weiterhin geduldig.

Als hätte sie ihn schon früher gern bedient, sagte sie freundlich: „Und, wie geht es Ihnen heute?"

„Gut, Veronika."

Er sprach sie mit dem Vornamen an, was sie beim ersten Mal, als er sie so nannte, erschreckte.

Wie kam er nur dazu, sie so anzusprechen, fragte sie sich, als er vor einigen Wochen ihren Namen aussprach, und trotz ihrer Verärgerung darüber lächelte sie ihn freundlich an.

Nachdem Walter schon ihr Stammkunde war, nahm sie sich heraus, ihn auch mit seinem Vornamen anzureden. Das bewirkte, dass sie beide ein Gefühl von Vertrautheit empfanden.

Walter war entzückt von Veronika; er gab ihr das Gefühl etwas ganz Besonderes für ihn zu sein. Und doch, war er beim Abschied sehr distanziert, gab ihr die Hand, um seinen Obolus für Veronikas Arbeit weiterhin bei ihrer Kollegin zu entrichten.

Wenn er den Laden verließ, drehte er sich noch einmal schwungvoll zu Veronika, sah ihr in die Augen und nickte ihr freundlich zu.

Sie war von seinen Blicken weiterhin fasziniert. Was sie eigentlich nicht wollte: Veronika spürte zwischen Walter und ihr eine gewisse Spannung aufkommen, die sie einfach nicht deuten konnte. War er zur Tür hinaus, wusste sie nicht genau, ob es Erleichterung war, ihn aus den Augen ihres Umfeldes zu haben – oder hatte sie mehr von ihm erwartet?

Später dachte sie nicht mehr an die Begegnung mit Walter. Es konnte passieren, dass sie überhaupt keinen einzigen Gedanken mehr an seine Existenz verschwendete.

Sonderbar war es, dass sie beide schon zwei Monate später in den Stand der Ehe getreten waren.

Walter betrat wie immer unangemeldet den Friseurladen. Außergewöhnlich erschien sein Auftritt. Was er nie bei seinen Besuchen für die Schnipselei an seinen Haarfusseln anhatte, war eine Krawatte. Er sah aus wie ein Junge, hilflos und unsicher. Er stand vor Veronika, die ihn ungläubig ansah, denn er ging nicht wie gewohnt an seinen Platz, sondern war gleich in ihre Richtung gelaufen.

Zu dieser Zeit waren keine Kundin und kein Kunde im Laden. Walter sah sich, bevor er das Wort ergriff, erst mal um.

Die Kollegin machte ihre Pause, rief aus der kleinen Kaffeeküche: „Soll ich kommen, oder schaffst du das alleine?"

Veronika ahnte, dass etwas Ungewöhnliches auf sie zukam.

„Nein, nein", antwortete sie, „du kannst noch etwas bleiben."

Mit einer Plastiktüte in der Hand kam Walter näher an Veronika heran. Sie staunte, wie mutig und forsch er auf sie zukam. „Veronika, ich will dich heiraten!"

Als wäre er für diesen Satz in die Schauspielschule gegangen, war es mit seiner geraden Haltung nun vorbei. Linkisch griff er in die Plastiktüte. Als sie sah, was aus der Tüte zum Vorschein kam, war sie doch gerührt. Ein kleiner Rosenstrauß mit hübschem Schleierkraut gebunden.

Auf diese Art von Heiratsangebot war Veronika nicht gefasst. Nicht mal in einer Stimmung von höchst geladener Euphorie konnte sie diesen Gedanken, Walter zu heiraten, nachvollziehen. Sie nahm den Rosenstrauß in beide Hände; sie blieb stumm.

Sie standen sich Minuten lang gegenüber, sahen sich in die Augen. Was mach ich hier bloß? fragte sie sich. Doch ihre Blicke trennten sich nicht voneinander.

Es geht eine magische Kraft von ihm aus, meinte sie in ihrer aufkommenden Hilflosigkeit zu sich.

Habe ich ihm Hoffnungen gemacht? Nein, absolut nein!

Walter stand mit seiner Tüte in der einen Hand vor Veronika; es war für ihn eine Selbstverständlichkeit, dass Veronika seine Ehefrau wurde.

„Schaffst du alles, Veronika?", sagte die Kollegin, die aus dem hinteren Raum kam. „Ach, Sie sind es. Einen schönen guten Tag! Sind denn vier Wochen schon wieder vorbei?" Die Kollegin griff nach einer Bürste, kämmte sich die Haare und holte ihre Tasche mit den Scheren.

Veronika und Walter standen noch am selben Platz mitten im Friseurladen.

Als die Kollegin sich zu ihnen drehte, fragte sie, ohne zu wissen, was bei den beiden vorging und was anders als sonst war, wenn Walter kam: „Was ist denn los? Warum schneidest du ihm nicht seine Haare?"

Veronika, noch immer den Blick auf Walter gerichtet, antwortete ohne Weiteres: „Wir heiraten."

Es war nicht mehr in ihrer Macht; es war die Situation, die sie übermannte.

„Herzlichen Glückwunsch", sprach die Kollegin und konnte ein Grinsen nicht verbergen.

Marianne und Paul

Die Straße verlief schnurgerade, und bei einem guten Sehvermögen konnte man vom Anfang des Ortes bis zum Ortsende als letztes Haus das von Marianne und Paul erkennen. Rechts und links der Hauptstraße war der eigentliche Kern der Kleinstadt. Die Kirche mit dem Marktplatz befand sich, vom Ortsanfang aus gesehen, im rechten Teil der Stadt.

Am Ende der schnurgeraden Straße war der Garten von Marianne und Paul. Etwas abseits von den anderen Häusern. Das Haus, von weiten Wiesen und einem großen Garten umgeben.

Marianne versorgte den Garten mit dem Enthusiasmus einer treu sorgenden und fleißigen Hausfrau. Jahrelang begann sie ihre Arbeit mit Begeisterung pünktlich um sechs Uhr früh in ihrem Garten. Selbst in den Wintermonaten ging sie stundenweise in ihren Garten Eden, wie sie ihn gern nannte.

Kein Gefühl von Unzufriedenheit kam in ihr auf. Ihren Ehemann versorgte sie mit dem Frühstück, und wenn sie ihren Kaffee getrunken und ihr Brot zusammen gegessen hatten, trennten sie sich tagsüber. Paul fuhr mit dem Wagen ins Geschäft und Marianne ging mit Elan in den Gemüsegarten.

Sie trällerte den ganzen Tag alte Schlager vor sich hin. Eine kräftige Frau mit einem groben Umgangston. In ihrem Haushalt herrschte sie. Sie war herzlich und sah es als ihre Pflicht an, ihre Familie gut zu versorgen.

Im Frühjahr waren es die Erdbeeren, die sie in hunderten von Gläsern zu Marmelade einkochte. Der Zufall brachte sie auf eine Idee, als sie gerade beim Kochen ihrer Erdbeeren war, um sie bald in die Gläser abzufüllen. Ein kleines Mädchen aus der Nachbarschaft zeigte das Fläschchen, das sie ihrer Mutter beim Backen stibitzt hatte. Es war Lebensmittelfarbe.

„Von wem hast du das? Zeig doch mal!"

Das Mädchen sträubte sich. „Aber nur, wenn du mich nicht verrätst."

Marianne wurde neugierig. „Nein, das mache ich doch nicht", und sie schüttelte kräftig den Kopf, nahm das Fläschchen der Kleinen aus der Hand und sah auf die Kurzbeschreibung. Einen Augenblick blitzten ihre Augen und sie fragte das Mädchen: „Was willst du dafür haben? Ich gebe dir fünfzig Pfennig."

Das Mädchen nickte, nahm das Geld von Marianne, das sie schnell aus dem Küchenschrank holte.

Marianne rieb sich die Hände und freute sich über ihre Errungenschaft.

Die Erdbeeren kochten auf dem Herd, und es war eigentlich der Zeitpunkt gekommen, die Erdbeermasse in die bereitgestellten Gläser abzufüllen. Marianne tat etwas, das sie vorhatte, seit sie die kleine Flasche in ihren Händen hielt. Sie schüttete den ganzen Inhalt von zwanzig Millilitern der roten Lebensmittelfarbe in die kochenden Erdbeeren.

Die ersten Erzeugnisse in diesem Jahr mit dem phänomenalen Ergebnis der knallroten Marmeladen erzeugten in der Familie großes Aufsehen. Nicht nur in der Familie und im Bekanntenkreis, denn einmal im Jahr verkaufte Marianne das Ganze auf dem Jahrmarkt ihrer Kleinstadt. Seit dieser Entdeckung war sie die Spezialistin einer besonderen roten Frühstückskonfitüre, was für Marianne ein Erfolgserlebnis war.

Im Herbst war es dann Gemüse und Steinobst, das sie in große Gläser einkochte. Den

Vorratskeller hatte Marianne in mehrere Kategorien eingeteilt. Getrennt von Gemüse gab sie die rote Marmelade in ein gesondertes Regal.

Sie stellte oft alles auf den Kopf. Aus einem großen Kellerraum waren im Laufe der Jahre durch Regalwände drei Räume entstanden. Paul kümmerte sich nicht darum, was seine Frau mit dem Eingemachten Jahr für Jahr anstellte. Zwischendurch zeigte sie ihm ihre Erfolge, lockte ihren Ehemann in den Keller.

Widerwillig, aber den Gedanken im Kopf, für mindestens ein Jahr seine Ruhe zu haben, folgte er ihr. Um seine Frau nicht zu enttäuschen, sagte er: „Wunderbar, wie du das machst. Dann können wir ja gut ‚überwintern'."

Während sie wieder die Stufen der Kellertreppen hinaufgingen, griff er ihr mit voller Wucht an ihr Hinterteil, kniff noch einmal zu, als sie im Flur angekommen waren.

Sie lief, noch kichernd, zurück in ihre Küche, sah sich an der Tür noch einmal um. Paul saß schon wieder hinter seinem Schreibtisch und nickte ihr ermunternd zu. Er brauchte üblicherweise nicht viel dazu beitragen.

Marianne war mit dem zufrieden, was ihr Ehemann ihr kurz und knapp an Komplimenten machte. Seine Kniffe in ihr kräftiges Hinterteil sah sie als Pauls Liebesbeweis an.

In der Küche zwitscherte sie weiter ihre Schlager.

Paul schloss die Tür vom Büro vorsichtig hinter seiner Frau und ging eifrig seiner Arbeit nach.

Marianne war eine Übermutter, die vergaß, dass der Sohn schon bald aus dem Hause ging. Für die Hochzeitstorte hatte sie die Zutaten bereitgelegt. Ihre Hochzeitsvorbereitungen waren in vollem Gange – und Marianne war in ihrem Element.

Die Planung der Hochzeit der „Kinder"

Als Werner und Beate ihre Eltern über die Absicht einer Heirat in Kenntnis setzten, war Marianne in Euphorie geraten. „Das machen wir hier im Haus, so wie wir es damals gemacht haben."

Paul verdrehte die Augen – er tat das, sobald Marianne in ihrem Übereifer alle überstimmen wollte … „Wie soll das gehen? Der Platz reicht hier nicht aus."

Marianne zählte die Gerichte auf, die sie für diesen Tag vorbereiten wollte. „Ich kann die Hochzeitstorte aus meinem Vorrat herstellen." Sie hörte überhaupt nicht mehr auf, Vorschläge von den Köstlichkeiten, die sie auftischen wollte, zu erzählen.

Die „Kinder" sahen sich an, sprachen kein Wort. Nur das schwere Atmen von ihnen erfüllte den Raum mit Spannung. Werner saß auf dem Sprung, um das Wohnzimmer zu verlassen. „Wie stellst du dir das vor, Mutter?"

Beate hielt seine Hand ganz fest in der ihren. Gleich würde er losschreien, das war ihre Befürchtung.

Schon als er damals sein Zuhause verließ, wollte er nie mehr zurückkommen. Die Art, wie seine Mutter das Haus führte, wie sie mit seinem Vater umging, konnte er nicht ertragen. Ihre überschäumende grobe Art, mit allen zu verfahren, war ihm zuwider. „Merkst du denn nicht, dass wir das alles nicht wollen?"

„Ja, so heiratet man doch, zu Hause, und ich kann doch alles kochen. Im Garten ist mehr als genug vorhanden. Die anderen Dinge überlasse ich euch."

Beate rutschte immer tiefer in ihren Sessel. Gleich passiert es, befürchtete sie.

Paul erhob sich, ging auf seine Frau zu, schüttelte sie an den Schultern. „Marianne, verstehst du nicht? So, wie du dir das vorstellst, geht es nicht."

Sie verstand die Welt nicht mehr; sie hatte es nur gut gemeint. „Aber ich habe doch so viel im Vorratsraum!"

Paul setzte sich zurück an seinen Platz. „So, nun seid ihr dran. Wie wollt ihr euren Hochzeitstag gestalten?"

„Beate, erzähle doch mal, was wir so vorhaben."

Beate stieg vor Aufregung das Blut in den Kopf. Sie blickte zu Werner, der ihr ermunternd zunickte. Vor Marianne zu reden hatte sie sich schon als Kind nicht zugetraut.

„Na, los, Beate", zischte Marianne ihrer zukünftigen Schwiegertochter zu. So schnell hatte noch nie jemand gewagt, ihr das Wort zu nehmen. Hier in ihrem Haus bestimmte sie die Richtlinien. Marianne war sehr verärgert; die Blicke, die sie in die Runde warf, waren mit Verachtung an ihre Gesprächspartner verteilt.

Beate, von Werner leicht angeschubst, machte es kurz. „Wir werden gleich nach der kirchlichen Trauung einen Urlaub antreten." Die Anspannung fiel von ihr ab und Erleichterung machte sich breit, es endlich herausgebracht zu haben. In Richtung Marianne zu sehen vermied sie ab sofort.

Mariannes Heirat vor zwanzig Jahren

Marianne trug vor zwanzig Jahren das Hochzeitskleid ihrer Mutter. An ihrem Hochzeitstag wollte sie ihrer geliebten Mutter nah sein.

Das Kleid war von ihr mit einer geradezu außerordentlichen Sorgfalt behütet worden. So hing dieses Stück jahrelang in ihrem Kleiderschrank und wartete darauf, von ihr zu diesem Anlass getragen zu werden. Es war in einem leichten Gelb mit einer dezenten Stickerei auf dem Oberteil gehalten. Der Rock – gerade geschnitten, einfach in seiner Form.

Am Oberteil war die Schneiderin im Ort tätig geworden. „So kannst du nicht in die Kirche – mit unbedeckten Armen", hatte sie damals entsetzt zu ihr gesagt.

Mariannes Oberarme waren durch die Arbeit in Haus und Garten sehr kräftig, wie ihre ganze Statur. „Wie hat meine Mutter das denn gemacht?", fragte Marianne die schon etwas ältere Schneiderin.

„Soweit ich mich erinnern kann, trug sie ein kleines Jäckchen darüber."

„Nein, das will ich nicht", meinte Marianne mürrisch. Sie war an diesem Tag in keiner guten Verfassung. Es lief nicht so, wie sie es sich in dieser Sache vorgestellt hatte. Sie war aus ihrem Alltagstrott der Garten- und Hausarbeit in Eile zur Schneiderin gelaufen und hoffte, dass sie auf dem

Weg dahin keiner ansprechen würde. „Überflüssig das Ganze, es wird schon passen."

Nur ließ die ältere Frau sich von Marianne nicht durch deren schlechte Laune ihre Meinung ändern. „Weißt du was, Marianne, ich nähe an das Kleid Ärmel aus einem leichten durchsichtigen Stoff."

„Wie sieht das nur aus?" Marianne wollte sich die guten Ratschläge nicht anhören.

„Es sind nur noch zwei Tage bis zu deiner Hochzeit, du musst dich schon entscheiden."

„Mach, was du willst. Ich werde es akzeptieren."

Es war nicht Mariannes Art, sich viel um ihre Garderobe zu kümmern. Sie war überzeugt, die alte Dame würde es schon richten. Zu ihrer Hochzeit wollte sie sich schmücken. Marianne hatte schon in Erwägung gezogen, sich ein neues Brautkleid zu besorgen, doch wollte sie zu ihrem Hochzeitstag ihrer Mutter die Ehre erweisen; dafür war das Kleid jahrelang von ihr behütet worden.

Die Ärmel an dem Kleid waren so angefertigt, als wäre es in seiner Form nie anders gewesen. Die Schneiderin hatte heimlich die Abnäher an der Taille aufgetrennt; erst dann konnte sie sicher davon ausgehen, dass Marianne in das Hochzeitskleid der Mutter hineinpasste.

Als Marianne mit ihrem Ehemann aus der Kirche kam, war sie mit der Änderung zufrieden. Sie strahlte in die Menge. Es standen viele neugierige Bewohner der Kleinstadt vor der Kirche.

Es blieb kein Geheimnis, dass Marianne ihren Ehemann durch eine Heiratsannonce gefunden hatte. Es war bekannt, dass sie eine Familie gründen wollte. Einen geeigneten Mann fand sie in ihrer Stadt nicht. In ihrem Alter waren die meisten Heiratsfähigen schon längst unter der Haube oder in die größere Stadt gezogen.

Als junge Frau mit dem Hang zur Haus- und Gartenarbeit waren die Jahre an ihr vorübergegangen, ohne dass sie bemerkte, dass ihr dies einiges an Versäumnissen brachte.

Marianne hütete pflichtbewusst das Anwesen ihrer Eltern. Die Eltern verstarben kurz hintereinander, als sie gerade volljährig geworden war.

Behütet aufgewachsen war sie. Zuerst mit allem im Haus überfordert, übernahm sie bald doch mit einer Selbstverständlichkeit die Pflichten einer Hausfrau. Für sie war ihr Zuhause „ihre Welt".

Marianne war sich sicher, die Rolle einer Hausfrau und Mutter mit einem Ehemann an ihrer Seite, traditionsbewusst vollends ausfüllen zu können.

Für sie war es von größter Wichtigkeit, sich an einem geregelten Tagesablauf zu orientieren. Alles war in ihrem Haus streng nach ihren Regeln einzuhalten – so, wie sie es von ihren Eltern übernommen hatte.

Marianne kokettiert

In der Küche trällerte Marianne ihre Lieder. Paul saß an seinem Schreibtisch. „Ich werde noch etwas tun, bevor Walter mit seiner Frau kommt", sagte er zu ihr, als er kurzerhand die Küche wieder verließ.

Die Versuchung, ihn zu bewegen, bei ihr in der Küche zu bleiben, wollte sie nach den Jahren ihres Ehelebens nicht mehr wagen.

Paul war geschickt mit der Ausrede „… ich habe noch zu tun" oder „… ich muss meine Arbeit zu Ende führen" an seinen Schreibtisch regelrecht geflüchtet.

Er hörte ihren „Gesang", der ihn selbst durch die geschlossene Tür erreichte. Diese Eigenart seiner Frau überforderte seine Gelassenheit. Paul brauchte seine innere Ruhe. Wenn sie bloß mit diesem Quaken aufhören würde, dachte er in seiner aufsteigenden Wut.

In der Tat war es mit der Haltung seiner Frau gegenüber, sie einfach in Ruhe machen zu lassen, in diesen Momenten vorbei. Die Grenze des Ertragens war bei ihm schon des Öfteren erreicht worden.

Du musst ihr das unmissverständlich klarmachen, nahm er sich vor. Er erreichte sie nicht. „Lass doch mal diese falsche Singerei" hatte er sie vorsichtig eines Tages angesprochen.

Marianne lächelte ihn an und verschwand in ihre Küche.

In den ersten Tagen nach seiner Bitte hielt sie sich mit ihrem Trällern zurück. Ein kleines Radio aus längst vergangener Zeit stellte sie sich auf den Küchenschrank. Sie wollte nur noch in ihrem Garten singen, jedenfalls nahm sie sich das vor. Marianne suchte, während sie den Suchknopf rauf- und runterkurbelte, nach einem Sender der ihren Wünschen von Musik entsprach. Dann stellte sie die Lautstärke so ein, dass Paul nicht gestört wurde. „Hörst du etwas bei dieser Lautstärke?", fragte sie ihn mit einer süßsauren Stimme und kam zu ihm ins Zimmer. So wie sie sprach, schlich sie tänzelnd um ihren Mann herum.

„Ja, lass es nur so, es stört mich nicht."

Marianne vermisste den Klaps auf ihren Hintern, drehte sich um und versuchte wieder, Pauls Aufmerksamkeit zu bekommen, wie in den ersten Jahren ihrer Ehe. Sie hielt ihr Hinterteil provozierend in seine Richtung.

Paul reagierte schon lange nicht mehr auf die Späßchen seiner Frau. „Was kochst du denn für uns heute Abend?" Paul wollte mit dieser Frage seine Frau von ihren Albernheiten ablenken.

„Oh", sagte sie, „ich habe ein Huhn vom Bauernhof besorgt. Es ist seit einer halben Stunde im Ofen; es wird mit Gemüse umlegt und zum Schluss wird es mit Wein übergossen."

„Das hört sich ja gut an. Ich bekomme schon Appetit."

Marianne hatte ihren Mann wieder in eine gute Stimmung versetzt; jedenfalls glaubte sie es. Sie schlich sich näher an ihn heran, setzte sich auf die Lehne vom Schreibtischstuhl.

Du musst wieder etwas tun, um ihn in eine bessere Stimmung zu versetzen, dachte sie, und schon sprang sie plötzlich auf. „Das Huhn … Es ist gerade nochmal gut gegangen", rief sie ihrem Paul zu.

Paul zieht Bilanz

*P*aul saß am Schreibtisch und blätterte grübelnd in seinen Akten herum, die er eigentlich noch bearbeiten wollte. Doch ging ihm, seit seine Frau im Zimmer war, viel zu viel durch den Kopf. Er überlegte, und die Konzentration auf seine Papiere fiel ihm schwerer. Zweifel kamen in ihm auf, wenn er über seine Ehe nachdachte, was er oft zu verhindern wusste. War es vielleicht doch ein Fehler von ihm gewesen, damals zu schnell einer Heirat mit ihr zugestimmt zu haben?

Es war bequem für ihn; das Nest, was er suchte, war schon gemacht.

Sie hatte es ihm leicht gemacht. Er war damals mit einem Koffer in ihr Haus eingezogen.

Sein Apartment in der Stadt war eingerichtet. Dort war er in der Woche nur zum Schlafen; mehr an Wohnqualität brauchte er nicht. Er aß da schon mal eine Kleinigkeit, schlief, aß, und zum Wochenende trank er eine Flasche Rotwein. Die Wochenenden verliefen bei ihm ruhig und zufrieden. Er blieb den lieben langen Tag im Bett. Zwischendurch zog Paul sein Bett ab, putzte etwas Staub von den wenigen Möbeln. An den Montagen brachte er seine Wäsche in die Wäscherei.

Seine Aufgaben für ein selbstbestimmtes Leben hatten sich im Laufe der Jahre eingependelt. Bis er irgendwann an einem Samstagnachmittag, nur so zum Spaß und Schmunzeln, die Heiratsanzeigen in seiner Wochenzeitung las.

Es fehlte ihm an nichts. Er war glücklich – so, wie es war. Mehr aus Übermut und Neugier mit einer gewissen Spannung war er dieser Anzeige gefolgt. Beim ersten Treffen sah er die Sache mit Marianne als ein Abenteuer des Lebens an.

Warum soll ich es nicht mit ihr versuchen ...? waren damals seine Gedanken, als er auf dem Heimweg war.

Zuerst war es ein Spiel für ihn, heraus aus der Monotonie des Alltags. Marianne war flink dabei gewesen, seine Sachen in die Schränke zu räumen. Es schien ihm, als wenn der Plan auf den Einzug eines Ehemannes schon lange von ihr vorbereitet worden war.

Paul ging diesen Überlegungen nach. Sein Kopf fiel auf seine Arme, die er auf seinem Schreibtisch überkreuzt hatte; er war eingenickt. Erschöpft und müde von seinen Gedanken, denen er an diesem Nachmittag nachsann.

Fast apathisch sah er in den Raum, ohne seinen Blick auf etwas zu richten – sein Resümee, an etwas, was nicht zu ändern war. Paul fühlte sich einsam. Überdrüssig seiner heimlichen Fluchten in die Stadt. Die Rolle, die er spielte, war nicht die, die er von seinem Leben erwartet hatte.

Die übereifrigen Hausarbeiten von Marianne trieben ihn aus den vier Wänden. Selbst an den Wochenenden begab sie sich in ihren Garten. Paul saß dann allein auf der Terrasse, lief gelangweilt durch den Garten, sah zwischendurch nach seiner Frau, die in irgendwelchen Gemüsebeeten herumwuselte.

Gewohnheiten aus seiner Junggesellenzeit stellten sich erneut in der Zeit ein, als seine Frau mit dem Sohn Werner schwanger war. Sie waren ein wesentlicher Bestandteil in seinem Leben und hielten auch an, nachdem sein Sohn auf der Welt war.

Die Besuche im Bordell ließen in den Jahren nach. Es vergingen oft Monate, bis er wieder die

Lust verspürte, sein gewohntes Umfeld aufzusuchen. Werner versuchte, soweit es ihm gelang, seine ehelichen Pflichten zu erfüllen.

Die Einladung

Veronika und Walter waren schon auf dem Weg. Sie gingen die lange gerade Straße zum Ortausgang zu Fuß. Die Einladung bei Marianne und Paul zum Abendessen war schon vor Wochen geplant. Ein Anlass für sie, es mit einem langen Spaziergang zu verbinden.

Walter hielt seinen Kopf gesenkt. Es schien, als wäre er in seinen Gedanken versunken. Jeder der ihn kannte, fragte nicht mehr danach, warum er so gebeugt ging und nach unten auf den Boden blickte.

Er setzte seinen Weg fort, als Veronika anhielt, um sich mit einer Nachbarin zu unterhalten. Er hörte noch, wie sich die beiden Frauen mit den Worten „Hallo, wie geht's?" begrüßten und gleich auf das Thema kamen. „Na, wie war es denn in der Stadt?", fragte Veronika die Nachbarin.

„Ich habe mir ein paar Schuhe gekauft und ein Kleid für unsere nächste Feier."

Veronika versprach, in den kommenden Tagen bei ihr vorbeizuschauen. Sie sah noch auf die neue Frisur der Nachbarin. „Schick, dein neuer Schnitt."

„Danke", sagte sie hocherfreut. Die Nachbarin schüttelte ihren Kopf, um Veronika zu zeigen, wie sie mit Leichtigkeit und ein wenig Schütteln ihre Haare in Form bringen konnte.

Veronika freute sich; sie hatte der Nachbarin geraten, die Haare etwas kürzer zu tragen. Ihren Rat hatte sie angenommen, und es hatte geholfen.

Während sich die Frauen noch über den Einkaufsbummel in der Stadt unterhielten und sich über die neuesten Modeerscheinungen austauschten, blieb Walter stehen.

Er wartete an der nächsten Straßenecke geduldig auf seine Ehefrau. Seine Rolle in der Kleinstadt, als nur der Mann von Veronika zu gelten, nahm er als das kleinste Übel an. Jeder hier im Ort kannte seine Herkunft. Er war einfach der Walter vom Ortsanfang.

Veronika winkte ihm zu, gab ihm dadurch zu verstehen, dass sie gleich wieder bei ihm sein würde. Die Nachbarin noch ganz in ihrem Element erzählte Veronika weiter von ihrem Ausflug in die Stadt und machte keine Anstalten, das Gespräch zu beenden. Von hier aus betrachtet sah er seiner Frau gern zu. Wie sie sich bewegte …, er war entzückt, und nach den vielen Jahren, die sie zusammenlebten, war er immer noch von ihr angetan.

Ohne Zweifel, die Schönste in unserem Ort, dachte er, während er etwas linkisch an der Straßenecke auf sie wartete. Er sah zu ihr hinüber, indem er seinen Kopf gerade hielt. Walter benutzte die Haltung seines Kopfes, auf den Boden zu schauen, nur als Abwehrhaltung. Er war kein guter Unterhalter, hielt sich von jeglichem Gerede in seinem Wohnbereich fern. Keinesfalls fühlte er sich unwohl dabei. Er überließ es seiner Ehefrau, mit den Nachbarn Kontakte zu halten.

Wie sie das nur aushalten, über so banale Dinge wie Schuhe und Kleider zu reden? ging es ihm, als er so an der Ecke der Straße stand, durch den Kopf. Er konnte sich nicht erinnern, je solch ein Gespräch über seine Kleidung geführt zu haben. Die weiteren Unterhaltungen hatte er nicht verfolgen können; dafür war die Entfernung zu groß geworden.

Walter sah auf die Straße gegenüber; es gingen Bekannte aus der Nachbarschaft vorbei, die er freundlich von der gegenüberliegenden Straßenseite grüßte, indem er seine gewohnte Kopfhaltung einnahm. Er wusste intuitiv, so brauchte er keine Gespräche mit den Leuten anzufangen, und er könnte weiter seinen Gedanken nachgehen.

Walter war dennoch ein guter Beobachter. Gern dachte er an die Zeit zurück, als er Veronika das erste Mal begegnete.

Alles, was ihm nicht zugetan war, war bei ihr zu finden. Quirlig und mit Übereifer erledigte sie die täglichen Ausübungen im Haus. So begegnete sie ihm damals. In den Monaten, als er sie regelrecht belauerte, baute er sich im Stillen seine Strategie zurecht.

Nachdem sie ihm die Haare schneiden würde, wollte er es wagen, sie zu einem Glas Wein einzuladen. Schon verwarf er es. Walter war sich nicht sicher. Trinkt sie Wein? fragte er sich.

Eine Unterhaltung über ihren Feierabend oder über ihre Freizeitgestaltung kam nie zustande. Die Idee, Veronika vor dem Geschäft aufzulauern, ihr auf dem Nachhauseweg zu folgen oder ihr „ganz zufällig" begegnen zu können, mit dieser Idee konnte er sich anfreunden.

War dieses Vorhaben bei ihm erst einmal fest verankert, so, wie er den Ablauf in seinen Gedanken wie in einem Film vor Augen hatte, machte sich das Adrenalin in seinem Körper breit, sodass sein Herz stark zu klopfen begann – und ihn damals der Mut verließ. Allein an den Gedanken, ihr in einem derart herbeigeplanten Versuch zu begegnen, schien seiner nicht würdig. So nahm er es für sich zum Anlass, sich mit diesen Fantastereien nicht mehr zu beschäftigen.

Du solltest aber irgendetwas unternehmen, sagte er sich. Die Ereignisse überschlugen sich damals; er musste handeln. Das Haus seiner Eltern stand schon Jahre unbewohnt am Ortsanfang. Walter wurde von einem Tag zum anderen Hausbesitzer. In seinem Kopf spielten sich damals die schlimmsten Denkbarkeiten ab.

Was würde sein, wenn er Veronika fragte und sie Nein zu ihm sagte? Es blieb ihm keine Zeit. Walter wollte handeln. Er glaubte damals fest daran, ihr Herz erobern zu können. Und wie er vor ihr stand und zu ihr sagte: „Veronika, ich will dich heiraten ..." stand für ihn die Welt still.

Versetzt in die Zeit von vor über zwanzig Jahren, überkam ihn ein warmes Gefühl, das ihn seitdem mit Glück erfüllte. Noch in diesen Gedanken versunken, lief er weiter.

Unbemerkt stand sie plötzlich neben ihm. Veronika nahm seine Hand, denn sie ahnte von seinen Empfindungen. Sie drückte seine Hand fest in ihrer, sprach nicht mit ihm, sondern kuschelte sich an ihn, wie sie es gewohnt war.

Marianne, die Gastgeberin

Marianne war als gute Gastgeberin bekannt. Sie war bei vielen, die sie bewirtet hatte, sehr beliebt. Das Besondere an ihr war, sie kochte ihre Gerichte nur mit dem Gemüse aus ihrem Garten. Den Aperitif hatten sie noch in der Hand, als die Gastgeberin mit ihrem Bräter den Raum betrat.

„Husch, husch, alle an ihre Plätze." Mit blauweißen Tüchern hielt sie den Topf in ihren Händen, als sie in das Esszimmer trat. „Was sagt ihr dazu?" Das gebratene Huhn vom Bauern erfüllte mit einem Duft von Gemüse und Kräutern den Raum.

Veronika schaute neugierig in den Topf. Gern wäre sie mit ihren Fingern an die braune Kruste gegangen, doch kannte sie Marianne. Veronika würde sich eines Blickes mit Todesverachtung von ihr gewiss sein können. In dieser Hinsicht kannte die Gastgeberin keinen Spaß.

Marianne präsentierte das Huhn, umlegt mit Gemüse aus ihrem Garten, wie eine Trophäe. Paul nahm ihr den schweren Topf aus den Händen und nickte mit dem Kopf. Bei Paul war es das Zeichen: „Hast du gut gemacht …"

Veronika und Walter setzen sich nebeneinander an den Tisch. „Wie du das immer schaffst, Marianne ...", sagte Veronika zu ihr, während sie sich den Stuhl zurecht rückte.

Paul hatte eine neue Flasche Wein geöffnet, bediente damit die Gäste, und während er seiner Frau das Glas füllte, legte sie den Braten auf eine Platte. Sie wartete nicht lange und fing an, mit einer Zeremonie das Fleisch in appetitliche Stücke zu zerlegen.

„Das Gemüse ist aus meinem Garten", betonte Marianne. „Die Zucchini, die Möhren und den Lauch habe ich erst heute Morgen geerntet; es ist eine wunderbare Sache, der Garten. Die Arbeit lohnt sich."

Veronika wollte sie nach dem Rezept fragen, aber Marianne kam ihr bereits zuvor. „Weißt du, Veronika", plauderte sie drauflos, „ich habe das Huhn kräftig gewürzt, angebraten und dann in den Kohleofen geschoben. Das war eigentlich alles." – Es war ihre gewohnte Art; jeder sollte ihr zuhören. „Es ist der Ofen, ein Stück aus meiner Kinderzeit. Damit gelingt jeder Braten."

Wenn man das Wort Euphorie definieren würde, käme man nicht umhin, es mit Marianne in Verbindung zu bringen.

„Abgelöscht habe ich ihn mit dem Rotwein, den wir jetzt trinken. Erst danach habe ich das Gemüse dazugetan", plauderte sie weiter. Nachdem sie die Teller mit allen Köstlichkeiten gefüllt hatte, knotete sie die Bänder ihrer bunten Schürze auf und legte sie auf den Stuhl, den sie an die Seite geschoben hatte.

„Guten Appetit", sagte sie und nahm ihren Platz ein. Erst jetzt war auch sie still und machte sich über ihr gebratenes Huhn her. Es war ihre einfache sympathische Art, die Marianne ausmachte.

Beim Tischgespräch ging es hauptsächlich um ihre Kinder. Beate und Werner hatten sich entschlossen, in einigen Monaten in den Stand der Ehe zu treten.

Sie unterbrachen das Gespräch nur kurz, als sie sich, außer Veronika, die auf ihre Figur achtete, an den Nachtisch machten.

Danach ...

Danach war es nicht mehr so, wie es mal war. Veronika, die noch im Bett verweilte, sah herüber zum Bett ihres Ehemannes. Seine Decke war ordentlich über sein Bett an die Seite gelegt – so, wie er es jeden Morgen tat. Wird er auch heute das Frühstück für mich vorbereiten? fragte sie sich.

Veronika wollte, so nahm sie sich das vor, den Tag beginnen, als wäre am Abend zuvor nichts passiert. Sie zog ihren Morgenmantel über und ging in den Flur. Im Flur wollte sie zuerst hören, ob Walter in der Küche hantierte. Veronika hielt sich am Geländer mit beiden Händen fest. Es wollte ihr nicht gelingen, so unbeschwert, wie sie es sonst am Morgen tat, die Treppe herunterzulaufen. Aber sie ging Schritt für Schritt, Stufe für Stufe hinab. Warum hat er mich nicht gerufen, wie er es sonst seit Jahren tut? fragte sie sich.

Sie hörte nichts. Sie fühlte sich miserabel. In ihrem Elend dachte sie an den einen bitterbösen Blick, den er ihr auf dem Nachhauseweg zugeworfen hatte. Veronika blieb auf der fünften Stufe stehen. *Wie soll ich ihm nur begegnen?*

Zu ihrer Unsicherheit kamen die wahnsinnigen Kopfschmerzen. Ihr war, als würde ihr gesamter Körper nicht zu ihr gehören. Nach einigen Stufen mehr konnte sie das Blubbern der Kaffeemaschine hören. Das war der Zeitpunkt, wo Walter sie rufen würde. Wieder blieb sie stehen. Sie stand auf der vorletzten Stufe. In diesem Moment, wo sie noch zweifelte, ob er sie je wieder so rufen würde, vernahm sie seine Stimme. „Veronika, der Kaffee ist gerade fertig, kommst du?"

Er konnte sie nicht sehen, wie sie da auf der Treppe auf der Lauer stand und so aus ihrer Angst heraus die letzten zwei Stufen auf einmal nahm. „Ich habe dich schon gehört", rief Veronika ihm zu.

Walter, der jetzt im Türrahmen stand, sah seiner Frau in die Augen. „Na, so ganz bist du ja nicht ausgeruht. Du kannst dich ja nach dem Frühstück noch etwas ausruhen."

Veronika ging an den Küchentisch, wo schon die Tasse Kaffee für sie bereitstand. Leise sprach sie zu ihrem Mann, eher ängstlich, „Danke!", und etwas lauter „Guten Morgen", als sie bemerkte, dass alles wie immer war.

„Denke daran, dass Beate mit Werner im Laufe des Tages zurückkommen."

Veronika sagte nicht viel dazu. „Hm, hm", und sie nickte mit dem Kopf.

Es hatte bei ihm den Anschein, als wäre nichts passiert. Walter sah mit besorgtem Blick auf seine Frau. „Denke daran, du musst nichts von dem gestrigen Tag erzählen", sagte er, während Veronika zu ihm herübersah. „Meinst du?", fragte sie.

Walter saß ihr gegenüber, nahm Veronikas Hand und drückte sie fest. „Lass uns das vergessen."

Veronika war erleichtert. So kannte sie ihren Walter – gutmütig, und auf eine unwiderstehliche Weise zeigte er seiner Frau seine Zuneigung. Sie spürte keinen Hass bei Walter. Doch bemerkte Veronika, sie hatte Walter immer unterschätzt. Sie trank schon die vierte Tasse Kaffee.

Er war dabei, seine Tasche in Ordnung zu bringen und schaute in ihre Richtung. „Na, wie fühlst du dich?"

„Ich werde ein Aspirin nehmen", sagte sie erleichtert, dass Walter ganz normal mit ihr sprach.

„Gehe vorsichtig mit Beate um, du weißt, sie ist sehr sensibel."

Veronika nahm ihre Tasse, stellte sie in das Spülbecken. „Ich werde mich anziehen", erklärte sie. Danach ging sie die Treppe hinauf nach oben.

„Ich warte noch, bis du fertig bist." Walter sah ihr nach; er konnte nicht ganz so tun, als wäre nichts geschehen. Der Kuss am Morgen, bevor er sich ins Geschäft begab, fiel aus. *Wird es wieder so werden, wie es immer war?*

Der Kuss am Morgen und die liebevolle Umarmung, die er seiner Frau seit ihrer Heirat gab, waren zu einem Ritual geworden. Er wusste nicht, wie er in dieser Situation jetzt damit umgehen sollte. Das Ganze würde ihm fehlen.

Walter war bereit, alles für die Harmonie in seiner Ehe zu tun und den Zustand, so, wie es einmal war, wiederherzustellen. Ein schrecklicher Gedanke für ihn, sie zu verlieren. Er hatte große Lust, Paul aufzusuchen. Doch er hasste Exzesse, hasste solche widerlichen Auseinandersetzungen, in denen keiner genau wusste, wie diese Wut entstanden war. Walter war sich nicht schlüssig, er wusste nicht mal genau, was Paul von Veronika wollte.

Was hatte ihn an Veronika gereizt? Warum waren sie in den Vorratskeller gegangen? Was steckte hinter dieser Heimlichtuerei? Was hatte Paul mit ihr gemacht, dass sie so durcheinander war?

Walter war mit dem Abwasch beschäftigt. Die beiden Tassen spülte er immer wieder unter dem fließenden Wasser ab, als wollte er den Schmutz von gestern, den er vermutete, damit wegspülen.

Aufpassen, Walter, sagte er zu sich, drehe jetzt nicht durch.

Er wusste von den Besuchen, die Paul in der Stadt in ein gewisses Etablissement trieb. Und doch verstand er sich bei einem Glas Wein bestens mit ihm; über Pauls Besuche im Bordell schwieg Walter. Er ließ sich nichts anmerken. Er konnte nur weiter so tun, als wüsste er davon nichts, und es so hinnehmen.

Sein Herz schlug heftig, wenn er daran dachte, dass zwischen Paul und Veronika etwas vorgefallen wäre …

Veronika hatte sich, nachdem sie ihren Morgenkaffee getrunken hatte, ins Badezimmer begeben. Ein T-Shirt mit einer Jogginghose hatte sie aus dem Kleiderschrank gegriffen; sie beeilte sich mit dem Anziehen, um Walter zu verabschieden. Es sollte an diesem Morgen möglichst so sein wie immer.

Er hörte Veronika leise die Treppe herunter laufen, drehte den Wasserhahn zu, trocknete seine Hände am Geschirrtuch ab und sprach zu ihr, so, als hätte er überhaupt nicht über eine Krise nachgedacht. „Da bist du ja", sagte er, nahm seine Aktentasche und sein Schlüsselbund und ging zur Tür hinaus. Mehr als einen kurzen Blickkontakt konnte er nicht aufbringen.

Sie sah ihm zu, wie er aus der Haustür verschwand. Ihr wurde ganz warm ums Herz. Heute war alles anders, heute fiel es ihr besonders auf. *Wie lieb er mich noch behandelt, ich habe ihm zu sehr wehgetan, aber heute kommt Beate zurück, da will ich mich drum kümmern.*

Veronika wollte ihrer Hausarbeit nachgehen, so, wie sie es an jedem Morgen tat. Doch es kam anders.

Die Einweisung

Im Ort wusste bald jeder, dass im Hause von Paul und Marianne etwas Ungewöhnliches passiert sein musste. Einige Bewohner standen vis-à-vis vor dem Haus, doch auf der anderen Straßenseite, und warteten auf den Doktor, den Margret gerufen hatte.

Der Arzt, ein Allgemeinmediziner, lebte schon mehr als fünfzig Jahre im Ort und kannte fast jede Familie und deren Angehörige. Margret und Marianne waren im selben Jahr geboren, wobei der Doktor auch den beiden auf die Welt verhalf.

Keiner kannte ihn ohne seinen weißen Kittel, der zu ihm gehörte wie seine liebenswürdige Art. Obwohl schon im fünfundsiebzigsten Lebensjahr, wurde er überall bei den kleinsten Wehwehchen gerufen. Er war nicht wegzudenken aus diesem kleinen Ort.

So wie an diesem Morgen, an dem sich Margret keinen anderen Rat mehr wusste, als den Doktor zu rufen. Sie konnte Marianne nicht helfen, sie merkte nach einer gewissen Zeit, sie braucht ärztliche Hilfe.

„Was machst du nur?", war seine Begrüßung.

Marianne schaute den Doktor an. „Ja, ja, Herr Doktor ..." Mehr war nicht aus ihr herauszuholen. Sie saß einfach nur apathisch am Esszimmertisch.

„Zeig mir mal deinen Arm, ich will mal deinen Pulsschlag prüfen."

Marianne streckte ihm den Arm entgegen und sah in eine andere Richtung, als ginge es nicht um sie.

Den Zustand erkannte er. Der Auslöser dafür musste in der Nacht passiert sein. Er ging zu Margret, die gerade aus der Haustür treten wollte. „Nee, nee, Mädel, bleib mal schön hier, so apathisch wie die ist, können wir sie nicht alleine lassen, ich werde eine Einweisung organisieren."

„Wir brauchen eine Wolldecke für Marianne. Sieh mal zu, wo du eine findest."

Margret durchsuchte den Schrank im Flur. Sie wollte es versuchen und fragte Marianne, die wie ein Häufchen Elend dasaß und am ganzen Körper zitterte. „Ach du meine Güte, du musste ja heftig frieren. Wo sind denn deine Wolldecken?"

Margret erschreckte fast, denn Marianne reagierte sofort.

„Unten im Waschraum."

Margret öffnete die Tür zu den Kellerräumen, die Tür hatte sie vor einer Stunde erst geschlossen. Auf der Treppe kam ihr ein ungewöhnlicher Geruch entgegen. Margret wusste von Marianne, dass sie ordnungsliebend und besessen davon war, ihr

Haus von schlechten Gerüchen zu befreien, und dass sie jede Art von Schmutz verabscheute. Alles wurde von ihr akribisch entfernt. Sauberkeit war für sie wichtig. Eigentlich konnte sich Margret einen Geruch von dieser Art im Haus von Marianne nicht vorstellen. Doch roch es stark nach alten Speisen.

„Ungewöhnlich dieser Geruch", sprach sie laut, als sie im Flur des Kellers stand. Sie war etwas unschlüssig, bevor sie sich für eine Tür entscheiden konnte. Sie wusste nicht, hinter welcher Kellertür sich der Waschraum befand, und so griff sie an die Klinke, die ihr am nächsten war.

Margret zuckte zurück und sah auf ihre Hand, die mit einer klebrigen Masse in Berührung gekommen war. „Ekelhaft", zischte sie. „Auch das noch …" Sie suchte nach einem Tuch in ihrer Hosentasche und entdeckte auf dem Geländer einen Putzlappen.

Nachdem sie die klebrige Masse grob entfernen konnte, trat sie mit ihrem Fuß die Türe weiter auf.

Es war Mariannes Vorratsraum. Ein Schwall von Gerüchen, ein Gemisch aus Erdbeeren und irgendeinem Gemüse, kam ihr entgegen. Und das, was sie entdeckte, erschreckte sie. Sie hielt sich Mund und Nase zu, ging nur zwei Schritte nach vorn in den Raum.

Sie sah, wie Paul mit dem Gesicht im Scherbenhaufen lag, umgeben von klebriger Masse. Der Schreck stand ihr noch im Gesicht geschrieben, als sie nach einem kurzen Aufschrei nach oben hastete. „Doktor, kommen Sie schnell." Sie flüsterte ihm ins Ohr, als er gerade dabei war, Marianne in die Augen zu sehen.

„Was ist denn so eilig?", fragte er in seiner ruhigen Art.

Margret zog ihn an seinem weißen Kittel zur Kellertreppe. „Da im Vorratsraum …" Sie zeigte mit dem Zeigefinger in die Richtung, wo Paul lag.

Der Doktor stampfte durch die Scherben rechts und links, bahnte sich einen Weg, indem er mit seinen festen Schuhen die Scherben nach allen Seiten verteilte. „Ach, herrje, was ist denn das für eine Scheiße?"

Er drehte Paul auf die andere Seite. Dann nahm er seinen Arm und lagerte ihn so, dass er an seine Hand herankam. Das Handgelenk umklammerte er, um an Pauls Puls zu kommen. „Geht nichts mehr." Er versuchte es an Pauls Hals und schüttelte seinen Kopf.

Margret stand wie angewurzelt im Türrahmen und wartete darauf dem Doktor irgendwie helfen zu können.

Der Doktor kam auf sie zu, nahm sie kurz in den Arm. „Da hast ein Schreck bekommen, nicht wahr …?"

Sie sah ihn fragend an.

„Nichts zu machen. Hier müssen andere ran."

Draußen war es ruhig, die Leute hatten sich verzogen, es gab nichts zu sehen. Eine besondere Stille lag über den Häusern in der Straße, eine Ruhe von fast geordneter Unschuld.

Während Margret und der Doktor dabei waren, sich in der Küche die Hände zu reinigen, fuhr der Wagen von der Psychiatrie vor. Da es für die Leute aus dem Ort nichts mehr zu gucken gab, waren sie von der Straße gegenüber auch verschwunden. So konnten der Arzt und der Helfer aus der Klinik ohne großes Aufsehen Marianne in den Wagen helfen.

Es war, wie wenn Marianne von einer Last befreit worden wäre. Als sie ihr Haus verließ und zum Wagen ging, verabschiedete sie sich von Margret. Wie wenn sie alles mitbekäme, was um sie herum passierte, sah sich Marianne noch einmal um.

Als sie Margret gegenüberstand, konnte diese ein befreites Lächeln auf Mariannes Lippen entdecken.

Der Doktor wartete im Flur auf die Kriminalpolizei, die schon nach einigen Minuten erschien. Ein kurzer Austausch von Informationen an die Beamten, die mit der Bitte an den Doktor herantraten, ihnen noch kurz den Weg zur Kellertreppe zu zeigen.

Veronika wird befragt

Die „Kinder" waren für zwei Tage länger an ihrem Urlaubsort geblieben. Beate hatte angerufen. „Mama, wir bleiben noch zwei Tage, es ist so wunderschön hier."

Veronika war irgendwie erleichtert. „Ja, macht das mal, wenn es so schön ist, solltet ihr noch etwas Zeit dort verbringen."

Wenn auch nur diese zwei Tage ... Vielleicht würde das den Alltag wieder beruhigen, und sie brauchte Beate nicht zu erzählen, was wirklich mit ihr und Paul geschehen war. Veronika atmete auf.

Sie erfuhr erst am Freitag am frühen Morgen von Pauls Tod. Walter war gerade aus dem Haus, als der Polizist hereinplatzte. Der Staubsauger stand schon im Flur, den Putzeimer hatte sie vorsorglich gleich ins Badezimmer gestellt, als es an der Haustür Sturm klingelte. Der Polizist wollte sie befragen; sie bat ihn ins Haus und setzte sich wieder aufs Sofa. Er berichtete, wie er Paul aufgefunden hatte. „Es war entsetzlich, ich habe so eine Schweinerei noch nie gesehen."

„Was haben sie davon gewusst?", fragte er Veronika. Sie wollte seinen Blicken ausweichen, doch er blieb beharrlich. „Ich möchte eine Antwort von Ihnen."

Veronika spürte seine Hartnäckigkeit. „Was ich dazu sagen kann … es muss passiert sein, kurz bevor wir nach Hause aufbrachen. Was danach geschah, weiß ich nicht."

Der Kripobeamte war damit nicht zufrieden. „Paul hatte, bevor er starb, Geschlechtsverkehr. Können Sie dazu etwas sagen?"

Veronika errötete. Sie fühlte sich schrecklich, senkte ihre Augen. *Bloß jetzt keinen Blickkontakt ...* Sie schämte sich. Es blieb ihr nichts anderes übrig, als die Wahrheit zu sagen. „Ja, ich war mit Paul im Keller."

Dies sagte sie so leise, dass der Beamte seine Frage wiederholen musste, da er sie nicht verstanden hatte.

„Also, ich frage Sie noch einmal. Sehe ich das richtig, Sie hatten mit Paul im Keller Geschlechtsverkehr?"

Veronika wäre am liebsten unter ihre Decke gekrochen. „Ja, wir haben es dort gemacht." – Um das Wort „Geschlechtsverkehr" nicht aussprechen zu müssen, sagte sie nur: „Wir haben es dort gemacht."

Jetzt war es raus. Sie hatte es das erste Mal bewusst ausgesprochen. Die Antwort aus ihrem Mund kam ihr total fremd vor; die Worte klangen fern von jeder Realität. Veronika wollte den gestrigen Abend verdrängen.

Der Polizist war damit beschäftigt, Notizen über sie zu machen.

Grauenhaft, wie grauenhaft! Veronika schüttelte sich.

„Was ist denn danach geschehen?", wollte er wissen.

„Nicht viel. Nachdem das Regal umgekippt war, bin ich gleich aus dem Raum. Nein, es war so: Marianne kam, und dann hat mich mein Mann Walter von der Treppe abgeholt."

„War ihr Mann auch im Keller?", wollte der Polizist wissen.

„Nein, der hat mit Marianne geplaudert."

„Apropos, Ihr Mann …, den muss ich auch noch sprechen."

Veronika hielt es kaum noch aus; die Müdigkeit machte ihr zu schaffen. Mittlerweile saß sie so unglücklich auf dem roten Sofa, dass ihre Beine anfingen, zu kribbeln. Sie umklammerte sie mit ihren Armen und zog sie an ihren Körper, als wollte sie sich schützen.

„Ach so ..., wann war das denn? Wissen Sie noch die Uhrzeit?"

Veronika versuchte sich zu erinnern. „Es war gleich nach dem Essen. Es muss so um dreiundzwanzig Uhr gewesen sein, als Marianne die Schokocreme brachte."

Der Kripobeamte blickte von seinen Notizen auf und sah sie verlangend an. „Also ist das alles vor Mitternacht passiert?"

Veronika räusperte sich, ihr Mund war trocken, und sie brachte kam ein Wort heraus. Sie stand vom Sofa auf, zog ihr T-Shirt glatt, griff nach ihren Pantoffeln. Die lagen irgendwo in verschiedenen Richtungen.

Der Polizist half, den einen Pantoffel, der sich in seiner Nähe befand, mit seinem Fuß ihr hinzuschieben.

„Möchten Sie auch ein Glas Wasser?"

Er nickte ihr zu. Wieder sah er zu ihr herüber.

Veronika machten seine Blicke fahrig, sie bemühte sich, das Wasser nicht zu verkleckern. Sie fing an, zu zittern. Walter fehlte ihr bei der Befragung. In ihrem Leben war er ihr Ruhepol.

Während sie in der Küche hantierte, fragte der Polizist: „ Wann ist denn das passiert? Ich meine, um es deutlich zu machen, wann kippte das Regal um?"

Sie drehte sich zu ihm. „Es muss so circa um dreiundzwanzig Uhr fünfundvierzig gewesen sein, auf die Minute kann ich es Ihnen nicht sagen." Sie kam vorsichtig mit zwei Gläsern Wasser aus der Küche.

Der Polizist schien mit Veronikas Antworten nicht ganz zufrieden zu sein. Er hatte es plötzlich ziemlich eilig, sich zu verabschieden. „Denken Sie bitte daran, ich muss noch mit Ihrem Mann reden."

Er war noch nicht ganz zur Tür hinaus, da fragte sie nach Marianne und wie es ihr ging.

„Marianne ist in der Psychiatrie, sie muss erst mal wieder gesund werden." Er zog die Tür hinter sich zu. Sie war erleichtert, als er endlich gegangen war. Sie kuschelte sich in ihre Wolldecke, schmiss sich auf das rote Sofa und ärgerte sich, dass sie am gestrigen Abend ihrer Lust gefolgt war und nicht widerstanden hatte. Wenn doch bloß das Regal nicht gekippt wäre!

Ein bisschen Leidenschaft mit Paul hatte ihr gutgetan ...

Sie dachte an Paul, es war ihr nicht klar und nicht bis zu ihrem Bewusstsein vorgedrungen, dass er wirklich tot war. Es gab ihr kein gutes Gefühl, wenn sie darüber nachdachte.

Ach was, ich kann es nicht ändern. Sie ließ die Hausarbeit links liegen, der Staubsauger lag mitten im Wohnzimmer und trotz allem machte sie ihre Augen zu. *Ich will es vergessen.*

Sie beruhigte sich und wollte so lange auf dem Sofa bleiben, bis Walter wieder nach Hause kam.

Obwohl Walter müde und erschöpft nach Hause kam, nahm er sich für seine Frau Zeit. „Brauchst du den Staubsauger noch?"

Veronika verneinte.

„Danke, Walter!" Der Versuch, mit ihm ins Gespräch zu kommen, gelang ihr erst mal nicht.

Walter fragte sie: „Was ist mit Beate?"

Selbst als seine langjährige Ehefrau wusste Veronika nicht, wie sie in dieser verkorksten Situation mit ihm umgehen sollte.

Er schaute sie an.

Veronika bekam einen Schreck, Walter war grau im Gesicht und sah sehr zerschlagen aus.

„Sag schon, hat Beate sich gemeldet?" Er fragte noch einmal nach.

„Sie hat angerufen, sie bleiben noch zwei Tage länger."

„Gut so, gut so …" sagte Walter und nickte mit dem Kopf. Nachdem er den Staubsauger in die Kammer gebracht hatte, ging er seinem Ritual nach. Er lief in die Küche, brühte den Tee mit einer besonderen Sorgfalt und Ruhe auf – so, wie er es jeden Tag machte, wenn er nach Hause kam. Er stellte die Tassen auf den Tisch. „Mach eine Kerze an, Veronika."

Veronika sah ihn verwundert an. Wieso eine Kerze? dachte sie. *Das haben wir doch nie um diese Zeit gemacht.*

Walter kam aus der Küche, die Kanne mit dem Tee stellte er auf den Tisch. Veronika faltete die Wolldecke zusammen. Sie saßen gemeinsam auf dem roten Sofa, als wäre der gestrige Tag aus ihrem Kalender gestrichen worden. Und doch, Walter machte den Vorschlag, am Wochenende Marianne zu besuchen. „Weißt du schon, dass Paul verstorben ist?"

„Ja, der Polizist hat mir das heute am frühen Morgen erzählt, du warst gerade aus dem Haus da kam er ..."

Walter schüttelte wieder seinen Kopf. „Kannst du dir das erklären?"

Veronika war froh, mit Walter endlich offen reden zu können. *Was dort im Keller wirklich geschah, werde ich ihm nicht sagen.*

Veronika wollte ihrem Mann nicht noch mehr antun. Er war in den zwanzig Ehejahren ihre

Stütze, sie konnte sich immer auf ihn verlassen. So ganz war ihr das nicht bewusst, bis gestern, als er sie an die Hand nahm und mit aller Kraft, die sie erschreckte, aus dem Haus zog.

„Ich weiß nicht, warum er tot ist. Das Regal wird es nicht gewesen sein, ich bin ja auch nicht verletzt worden."

Walter trank seinen Tee. „Marianne war gestern so richtig in Fahrt …" – und Veronika sah ein Lächeln auf Walters Gesicht. „Sie erzählte lauter Unsinn. Ich habe meinen Spaß gehabt."

„Marianne hat ja auch den Wein wie Wasser getrunken", bemerkte sie.

„Na … nun übertreibe mal nicht, es waren drei Gläser Wein, so wie ich, ich hatte auch drei Gläser getrunken, mehr war es nicht."

„Der Polizist wollte dich noch befragen."

„Ja, soll er doch, er hat mich schon angerufen, ich habe ihm bereits alles am Telefon erzählt."

Veronika war erschöpft und so wollte sie sich keine Gedanken mehr über gestern machen. Sie würden Marianne besuchen, da waren sie sich einig. Vielleicht würde sie etwas sagen über Paul. Veronika griff nach Walters Hand, er schob ihre Hand nicht weg, drückte sie leicht. Es war nicht so wie vor dem gestrigen Tag, aber es würde wieder, da war sich Veronika sicher.

Der Samstag

Veronika und Walter hatten an dem Abend, als Veronika verhört wurde, beschlossen, Marianne am nächsten Tag, das war ein Samstag, am Nachmittag zu besuchen. Sie sprachen nicht mehr darüber, und doch machte sich Veronika im Stillen Gedanken, wie sie ihr begegnen sollte. Vielleicht würde sie ihr gegenüber handgreiflich, setzte gar ihren Angriff wie im Vorratsraum fort, wenn sie ihr gegenüberstände. Sie hatte im Keller Mariannes Zorn hautnah gespürt.

Gut, sagte sie sich, ich muss mit Walter dorthin gehen.

Walter setzte sich, nachdem er sich angekleidet hatte, zu ihr. „Meine Güte, du bist ja ganz blass", meinte er.

Veronika schüttelte sich. „Ich weiß nicht, ich friere am ganzen Körper."

Walter rieb fürsorglich ihren Körper; er versuchte, sie zu beruhigen. „Komm, ich decke dich mit deiner Decke zu." Er nahm die Wolldecke, legte die eine Hälfte vorsichtig über Veronikas Beine, dann zog er die andere Hälfte der Decke bis zu ihren Schultern.

Es tat ihr gut. Veronika kuschelte sich an Walter und gab ihm damit zu verstehen, dass sie sich wohlfühlte. Sie seufzte leise, als Walter sie fragte, wie es ihr ginge.

Es mussten Stunden vergangen sein. Vorsichtig bewegte sie sich unter der Decke hervor.

„Wollen wir jetzt zum Krankenhaus fahren?"
Walter hörte ein leises Ja von ihr.

Dort angekommen, fragten sie in der Zentrale nach Marianne. „Da müssen Sie sich ganz hinten im Flur anmelden. Klingeln Sie, dann wird Ihnen jemand aufmachen."

An der Tür stand groß auf einem Schild: „Bitte melden sie sich an."

Als sie die Abteilung betraten, sahen sie sich verwundert an; die Tür wurde hinter ihnen wieder verschlossen. „Sind Sie verwandt mit Frau Marianne?", fragte die Schwester, und da sie ja so etwas Ähnliches wie verwandt waren, nickten beide synchron.

Es war ihnen unangenehm, in der geschlossenen Abteilung zu sein. Ein Gefühl von Eingesperrtsein. Walter hielt Veronika an der Hand, als würde er selbst etwas Schutz brauchen.

Das Zimmer von Marianne war noch mit einer anderen, für sie fremden Frau besetzt. Marianne lag im Bett, die Bettdecke war bis zum Hals gerafft.

Walter zuckte mit den Schultern und sah ziemlich hilflos aus.

Veronika hob vorsichtig die Decke an. „Hallo Marianne".

Die schnellte bei Veronikas Worten hoch, so-dass Veronika wieder einen gewissen Abstand von ihr nahm.

„Ach habe ich mich erschreckt … ", sagte Marianne ganz sanft. „Ihr seid es, das ist aber schön." Ihre Stimme war langsam, fast schläfrig. „Ich dachte, Paul kommt …" Dann legte sie die Decke an die Seite und setzte sich auf die Bettkan-te. „Habt ihr Paul gesehen?", fragte sie. „Setzt euch doch."

Veronika und Walter fanden eine verwirrte Frau vor. Sie war nicht gekämmt und nicht gewa-schen. Irgendwie stank es; es war ein undefinier-barer Geruch. Die Zimmernachbarin griente vor sich hin und quatschte irgendwelche schmutzigen Dinge. Als würde Marianne sich daran erinnern, dass sie sich noch nicht gewaschen hatte, lief sie in das Badezimmer. Schon nach kurzer Zeit kam sie zurück. Die Haare waren nass, das Gesicht mit Seife verschmiert.

Veronika nahm das Handtuch aus dem Badezimmer und versuchte, ihr Gesicht von der Seife zu befreien. Ein komisches Lachen kam von Marianne; es war für Walter entsetzlich, was er sah.

Ein Gespräch kam zwischen ihnen nicht zustande. Marianne suchte irgendetwas, konnte es aber nicht finden. Sie ging zu dem kleinen Schrank, wühlte in ihren Sachen herum und schüttelte den Kopf. „Ich kann es nicht finden, kann ich nicht …"

Sie war von diesem kurzen Aufstehen völlig erschöpft. Sie legte sich ins Bett, schmiss sich eher hin, und mit ihrer Körperfülle knarrte das Bett, als würde es zusammenbrechen. Die Bettdecke zog sie sich wieder an den Hals, bis kaum mehr etwas von ihr zu sehen war. Einige Gestalten hielten sich im Flur auf, liefen, von Unruhe geplagt, hin und her.

„Wir müssen uns abmelden, Walter." – Walter wollte so schnell wie möglich hier raus. Mein Gott, wie schrecklich … waren seine Worte.

Gelassen kam die Krankenschwester zur Tür herein. „Dann werde ich Sie mal wieder rauslassen."

Für Walter klangen die Worte wie Hohn. „Da wäre ich bestimmt nicht lange geblieben", sagte er und sah zu Veronika hinüber, die ihm zunickte. „Lass uns schnell nach Hause fahren." Er holte die Autoschlüssel aus seinem Jackett. „Bloß weg hier."

Beate war am Sonntagmorgen zu Hause eingetroffen. Sie kam wie ein kleiner Wirbelwind ins Haus. Sie lief ins Wohnzimmer und umarmte ihre Eltern.

„Hübsch siehst du aus." Walter drückte seine Tochter, gab ihr ein Küsschen links und ein Küsschen rechts auf die Wange. „Erzählt, wie war es denn?"

Werner und Beate setzten sich mit aufs Sofa, fingen an, über die Reise zu berichten. Vor Glück strahlten sie.

Veronika hielt sich etwas zurück. Der Besuch bei Marianne steckte ihr noch in den Knochen. Die Nacht hatte sie mit Grübeln verbracht. Sie hatte die Ereignisse der letzten Tage Revue passieren lassen und ihre Zweifel waren stärker geworden. Was sollten sie ihrer Tochter erzählen und wie würde es Beate verkraften?

Veronika hörte nur ein übermütiges glückliches Pärchen, das von der Fahrt durch Italien berichtete; wie von Weitem kamen die Worte bei ihr an. „Wir haben viele Fotos gemacht. Mutti, hörst du eigentlich zu?

„Ja, ja, ich höre zu, Beate."

Walter freute sich, dass es beiden so gut ging, und erklärte: „Mutti hat ein bisschen Kopfweh, aber ich schlage vor, wir machen einen gemütlichen Abend daraus und schauen dann eure Fotos an."

Werner verabschiedete sich. Er wollte zu seinen Eltern, wie er beim Abschied erwähnte. Beate küsste ihn zum Abschied, drückte sich an ihn und sagte: „Komm bald wieder."

Werner meinte: „So schnell, wie ich nur kann", und er streichelte ihr übers Haar.

W e r n e r s   A b s c h i e d

Werner war noch nicht an der Haustür seiner Eltern angelangt, als ihn die Nachbarin vom Fenster aus ansprach. „Warte Werner, ich komme raus."

Werner war irritiert, selten sah er sie, immer dann wenn er mal am Wochenende zu Hause war. Margret nahm ihn an die Seite, sodass sie von der Straße aus nicht zu sehen waren.

Margret erzählte ihm, was in seinem Elternhaus passiert war. Werner hielt die Hände vors Gesicht. Es hatte den Anschein, als würde er Tränen vergießen.

Nach den Tagen des Geschehens, war es nicht mehr geheim zu halten, was wirklich im Vorratskeller geschehen war. Bald wussten es die meisten Bewohner des Ortes.

Margret versuchte, Werner zu beruhigen, klopfte ihm auf die Schulter, als er wie von Sinnen ins Auto stieg und der geraden Straße folgte, bis zu dem Haus, wo Walter, Veronika und seine Verlobte wohnten und welches er vor wenigen Minuten erst verlassen hatte. Warum haben die mir das verschwiegen? dachte er wutentbrannt.

Werner war wieder zurück. Er war nur einige Minuten fort gewesen, die dennoch alles verändern sollten. Nun stand er anders als eben vor Beate.

Sie war verwundert über seine schnelle Rückkehr. Er sagte nicht viel, er sah ihr ins Gesicht. Es war ein stummer Schrei, als er ihre Hand nahm und auf den Ring zeigte.

Was macht er da …? Beate sah ihn nur fragend an.

Er gab keine Antwort. Sein Gesicht schien, als wäre nicht ein Tropfen Blut mehr darin. Ein Schmerz durchzuckte seinen Körper, als er den Ring von Beate zurückverlangte. Werner hob die Hand, wie wenn er ihr noch einmal übers Haar streichen wollte, aber er ließ seine Hand fallen, als wäre er dazu nicht mehr in der Verfassung.

Er ging ohne einen Gruß, und bevor Beate verstand, was gerade vor der Haustür mit ihr geschah, war er schon verschwunden. Werner war wieder mit seinem Wagen auf den Weg zu seinem Elternhaus.

Beate lief bis ans Ende der Straße hinterher. Durch die Sträucher am Seitenrand war sie geschützt. Er konnte sie nicht sehen. Sie atmete schwer, als sie dort ankam. Sie sah noch gerade, mit einem gewissen Abstand, wie Werner das

Haus seiner Eltern verschloss. Sein Gesicht starr vor Fassungslosigkeit. So kannte sie ihn nicht.

Beate sah die Nachbarin von nebenan, mit der er sprach. Beate ging in die Hocke, versteckte sich hinter einem Baum, beobachtete, was da vor ihr geschah. Es musste etwas Schreckliches passiert sein; der Schock in ihren Gliedern verhinderte, dass sie nach ihm rufen konnte. Und bevor Werner wieder in seinen Wagen stieg, überreichte er der Nachbarin etwas, was sie von hieraus nicht sehen konnte.

Werner verschwand für immer aus ihrem Leben; nur konnte sie das in diesen Minuten der Aufregung noch nicht ahnen. Vor einigen Stunden hatten sie gelacht, sich ihrer Liebe erfreut, die Pläne für die Hochzeit geschmiedet. Sie hatten sich für die Zukunft gegenseitige beste Absichten versichert.

Beate lief den langen Weg wieder nach Hause.

Von dem, was vor dem Haus soeben passiert war, bekamen Veronika und Walter nichts mit.

Verwundert waren sie, dass ihre Tochter sich selbst zum Abendessen nicht mehr sehen ließ. „Sie wird müde sein, lassen wir sie in Ruhe."

Walter brachte den Tee aus der Küche, während Veronika eine neue Kerze angezündet hatte. Was er nur hat? dachte Veronika, als sie die Tassen auf den Tisch stellte. *Es muss ja einen Grund dafür geben?*

Liebevoll waren die kleinen Brote von ihr hergerichtet. Sie tat alles daran, den häuslichen Frieden wieder in alte Bahnen zu lenken.

ZWEITER TEIL

Beate

*D*as, was Beate an diesem Tag fehlte, war etwas Wärme. Wie immer lief sie von ihrer Arbeitsstelle zur nächsten Bushaltestelle. Den Feierabend hatte sie herbeigesehnt. Müde und kraftlos bewegte sie ihre Füße. „Wo habe ich nur meinen kleinen Taschenschirm?" Beate wühlte in ihrer Stofftasche. „Wo ist nur der verflixte Schirm?"

Es fing an zu nieseln. Bis zu ihrer Einstiegsstelle hatte sie noch die Hälfte des Weges vor sich und musste hasten. Obwohl ihr die Füße schmerzten, lief sie stramm weiter. So überschätzte sich Beate beim Laufen. Zweitausend Schritte waren von ihr an einem sonnigen Tag gezählt worden. Das

Zählen hatte sie sich zuerst – spielerisch – ausgedacht. Die Zahl fünftausend war erschreckend in ihrem Bewusstsein geblieben.

Zum ersten Mal erkannte Beate die körperlichen Strapazen, die sie auf sich nahm, um den weiten Weg zu gehen. Es war ihr seitdem sie zu zählen anfing, nicht klar, was sie jeden Tag ihren Füßen antat. Eine Kraftanstrengung, die sie bis dahin nicht gespürt hatte. So ging sie auf ihrem Weg zur Arbeitsstelle jeden Tag einmal hin und einmal zurück zur Haltestelle. Viertausend Schritte.

Es fing an, heftiger zu regnen. Nach dem Wühlen in ihrer Tasche war sie endlich an den Schirm gelangt. Wäre sie nur einen kurzen Moment des Suchens stehen geblieben, um sich darum zu kümmern, an ihren kleinen Taschenschirm zu kommen, wären Kleidung und Haare noch trocken gewesen, und sie hätte keinen Tropfen Wasser abbekommen. Ärgerlich und unwirsch über sich selbst spannte sie den Schirm auf. Keinen Schritt von den zweitausend wollte Beate an Zeit vergeuden. Die Regentropfen liefen schon an ihrem Mantel in Rinnsalen herunter.

Mit nassen Haaren kam sie an diesem Tag an die Haltestelle. Der Bus war zur Abfahrt bereit. Der Fahrer, der schon auf sie wartete, sagte: „Guten Tag junge Frau! Heute ist es wohl etwas später geworden, was ...“

Beate war froh, sich endlich auf ihren Platz setzen zu können. Der Fahrer kannte sie seit Jahren; zehn Minuten vor der Abfahrt war Beate immer an der Haltestelle gewesen. Mit einem freundlichen Lächeln gab sie dem Busfahrer zu verstehen, dass er mit seiner Annahme recht hatte. Sie hätte heute beinahe den Zeitpunkt seiner Abfahrt versäumt. Während sie ihm zunickte, drückte sie den Taschenschirm zusammen. Beate schüttelte sich und versuchte damit, ihren Mantel von den Regentropfen zu befreien. Dann lehnte sie sich etwas zurück. Sie streckte ihre Beine weit unter den Vordersitz aus; an den Füßen brannten ihre Fußsohlen wie Feuer. Heute spürte sie es besonders. Das dürfte wohl auch der Grund gewesen sein, dass sie etwas langsamer als üblich gewesen war.

Ich werde ab morgen zehn Minuten länger einplanen, ich werde mich früher abmelden müssen. Sonst werde ich den Bus verpassen, überlegte sie.

Mit einem Blick aus dem Fenster sah sie, dass der Regenschauer stärker wurde. Auf der Fahrt nach Hause war sie zuerst einmal in Sicherheit. Beate war es in ihrer Einfachheit gewohnt, sich zurückzuhalten. Viel Wirbel machte sie nicht um ihre Person. Ob sie zu mehr imstande war als in ihrer jetzigen Gegebenheit, wollte sie nicht wissen. So wie ihr gegenwärtiges Leben verlief, war sie mit sich zufrieden. Geruhsam war ihr Leben, seit sie aus ihrer Kleinstadt fortgezogen war. Die Vergangenheit sollte keinen Platz mehr in ihrem neuen Dasein einnehmen. Doch da waren die Ängste, sich mit Menschen zu unterhalten, die sie zwischendurch einholten und Enttäuschungen, vor denen sie sich schützen wollte.

Bei Gesprächen suchte sie nach Worten, die sie, wenn die Angst sie übermannte, nicht fand. Es sollte ihr nach ihrem Unglück nicht mehr gelingen, so zu reden wie sie es in ihrer Kleinstadt getan hatte. Dort war sie frei heraus und unbekümmert mit ihren Worten umgegangen. Das Glück, so frei zu sein, gelang ihr nicht in ihrem neuen Leben. Beate zog daher die Einsamkeit vor. So entging sie der Gefahr, bei Gesprächen nicht verstanden zu werden, und sich eventuell noch einmal einer Lächerlichkeit preiszugeben.

Es war in den Jahren ihrer Tätigkeit im Krankenhaus viel Neues auf sie zugekommen. Beate war unauffällig geblieben. In ihrem Umfeld wurde sie als eher Schweigsame gesehen. Für ihre Erscheinung – blass und zurückhaltend – wurde sie nur kurzfristig von den Kollegen belächelt. Schon bald nach ihrer Einarbeitungszeit schätzte man sie in der Abteilung für ihre Zuverlässigkeit.

Pünktlich holte sie die Container mit den Speisen für die Patienten. Sie erfüllte ihre Aufgaben mit Akribie; still und ruhig brachte sie mit einem kurzen knappen Lächeln den Patienten die Speisen an ihr Krankenbett. Das war ihr Zuständigkeitsbereich, dort erlebte man sie als eine ernst zu nehmende Person.

Beate mochte den ewigen Wechsel von Kollegen nicht. Sie hatte nichts einzuwenden, wenn Neue hinzukamen, doch sie brauchte Zeit, sich an das Neue zu gewöhnen. Mit einer Kollegin näheren Kontakt zu haben, das hatte sie sich schon seit Jahren abgewöhnt. Oft benahmen sich die Kollegen seltsam. Mal war es der Oberarzt, den sie anhimmelten, mal der Krankenpfleger. Ein Krankenpfleger wurde zuweilen nach einer kurzen Einarbeitungsphase, wieder in eine andere Abteilung geschickt. Dann war erst mal Ruhe, bei den „Verliebten".

Nein, das war nicht Veronikas Bestreben. Ich kann auch so zufrieden sein, sagte sie sich. Für diesen Aufwand von den Gefühlen war ihr die Zeit zu schade, da dachte sie rationell. Vor Jahren war sie mal mit einer jungen Krankenschwester, die den für sie seltsamen Namen Rita hatte, befreundet. Bei ihr fühlte sie sich sicher, sie hatte Vertrauen zu ihr. Sobald sie zusammen einen freien Tag hatten, unternahmen sie etwas.

So gingen sie an einem Sonntagmorgen in das neue Bistro gleich bei ihr nebenan. Sie bestellten ein großes Frühstück. Es konnte dann, wenn die Stimmung nach den zahlreichen Klatschereien auf dem Höhepunkt war, vielleicht auch Champagner bestellt werden.

Die Arbeitsstelle wurde von ihnen mit Worten auf dem Kopf gestellt. Rita war eine kleine Person, aber ihre Stimme war mit einem Volumen von unüberhörbarer Stärke bemittelt. Ihre Erzählungen konnten am Nachbartisch mitgehört werden. Beate gab ihr mit leichten Kopfbewegungen das Zeichen, etwas leiser zu reden. Wenn das nicht half, wurde sie deutlicher. Das machte sie, indem sie den

Zeigefinger auf den Mund legte und Rita mit einem „Pssst!" klar zu verstehen gab: Jetzt reicht's!

Schon nach einem zweiten Glas sprach Rita respektlos über ihren Chef im Krankenhaus. Der Oberarzt, eher ein Schöngeist als ein sich sorgender Doktor, war ihr ein Greuel. Sie mochte ihn nicht. „Der mag keine alten Leute." Sie sprach weiter, nachdem sie einige Schlucke aus ihrem Glas getrunken hatte: „Ich möchte den mal sehen, wenn er älter geworden ist und Hilfe braucht."

Rita war in der richtigen Stimmung, sich ihrem Ärger Luft zu machen. Beate ließ sie reden. „Weißt du, was der den einen Tag gemacht hat?" Rita beugte sich über den Tisch und sprach jetzt leise zu Beate: „Da hat der doch zu den Verwandten, von dem älteren Herrn, der im Sterben liegt, du weißt schon, wen ich meine, knallhart gesagt: „Der macht es nicht mehr lange."

Rita rutschte langsam vom Tisch wieder zurück auf ihren Platz. Der Kellner stand direkt hinter ihr, und wäre sie nur einige Zentimeter weiter vom

Tisch auf ihren Stuhl gerutscht, wäre sie beinahe dem Kellner ins Gesicht gesprungen. Der Tisch, an dem sie saßen, stand auf einer Empore, und der Kellner stand eine Etage tiefer zum Tisch.

„Entschuldigung, ich wollte Sie nur fragen, ob Sie vielleicht noch eine Flasche Champagner möchten."

Rita, etwas voreilig, meinte: „Ja, ja, bringen Sie nur."

Beate blickte mit Erstaunen zu ihr herüber und sagte: „Nein, wir trinken zum Abschluss einen Kaffee." Sie griff nicht oft in das Geschehen ein, doch für heute war sie der Auffassung, es hätte gereicht.

Rita gab sich geschlagen. „Weißt du, ich finde es eine Gemeinheit vom Doktor, den Verwandten das so direkt vor den Kopf zu sagen." Es ließ sie nicht los, wie der Oberarzt mit unverblümter Wahrheit mit den Leuten sprach. „Ein Schwein ist das, und nun sag doch auch mal was dazu, Beate."

„Was soll ich dazu sagen, Rita … Ich habe mit ihm nichts zu tun; er geht ab und zu an mir vorbei und grüßt mich nicht einmal."

„Siehst du, das meine ich." Rita nickte. „Oh ja, arrogant ist er auch noch."

Beate wusste zu der Begebenheit nicht viel zu sagen, es war ihr nur recht, wenn er sie nicht beachtete. Sie war nicht so eifernd, und es war ihr auch völlig egal, was der Oberarzt machte. „Ich mache meine Essensausgabe, die Putzereien danach und kümmere mich nicht um die anderen Dinge." Sie kannte das schon von Rita, es war nur ein Losdonnern; später beruhigte sie sich wieder. Sie dachte laut, leider zu oft.

Rita sah genauer hin, was um sie herum passierte, während Beate lieber wegsah. Manchmal wollte sie so wie Rita einfach mal „aus der Rolle" fallen oder gerne mal etwas lauter sein. Doch, so wie es Rita tat, wollte Beate nicht sein. Oft genierte sie sich, wenn die ihren Worten freien Lauf ließ. Für heute hatte Rita sich, nach Beates Ermahnung, etwas zusammengerissen und war leiser geworden, als sie von ihrem Chef erzählte.

Das Frühstück, mit dem anschließenden Champagnerumtrunk, war für diesen Tag beendet. Jede von ihnen ging in eine andere Richtung, der Abschied verlief eilig. Beate war schnell zu Hause, es waren nur einige Haustüren, an denen sie sich vorbeischlich. Die frische Luft tat ihre Wirkung. Das letzte Glas war ihr nicht gut bekommen. Sie war froh, dass nur wenige Leute auf der Straße waren. Am Sonntagmittag war die Stadt noch leer. Sie huschte schnell durch ihre Gasse, sah nach rechts und links in der Hoffnung, es würde sie keiner sehen. Wie sollte sie auch den Nachbarn, die sie eventuell schwankend erkennen könnten, ihren Zustand erklären? Sollte sie sagen: „Guten Tag, ich bin etwas angetrunken ..."?

Beate machte sich auf dem kurzen Weg Gedanken, wie sie die Minuten ohne eine Begegnung aus der Nachbarschaft überstehen sollte. Vorsichtshalber wühlte sie in ihrer

Krimskrams-Tasche nach ihrem Schlüsselbund. „Mein Gott", sagte sie laut vor sich her, „warum muss ich bloß immer meine Sachen in dieser Tasche suchen und finde auf Anhieb nichts mehr wieder?"

Nachdem sie endlich den Schlüssel in der Hand hielt, stand sie auch schon vor ihrer Haustür. Den Schlüssel hatte sie erst nach einigen Versuchen ins Schlüsselloch bekommen. Beate war nicht glücklich über ihren Zustand. *Ich werde nie wieder am Tage so viel Champagner trinken.* Rita hatte wohl zum Abschied die Wiederholung eines Sonntagsfrühstücks angekündigt; Beate versuchte aber, ihrer Freundin bei dieser Ankündigung auszuweichen. Für heute wollte sie an eine Wiederholung nicht denken. Sie wusste, dass sie den angefangenen Sonntag in absoluter Ruhe verbringen würde. Leicht beschwipst sagte sie laut zu sich selbst: „Beate wird sich der Ruhe widmen, damit sie am nächsten Tag die Essensausgabe, ohne zu wanken, an die Patienten bringen kann."

So hatte sie es vor und so wollte sie sich auf ihren nächsten Arbeitstag vorbereiten.

Das rote Sofa

*B*eate sah ihr rotes Sofa als ihre Zufluchtsstätte an. Sie ließ es sich in ihre Wohnung bringen, als sie durch einen Zufall bei einer Wohnungsauflösung zugesehen hatte.

Es war ihr freier Tag und sie spazierte durch die Gassen der Stadt. Es zog sie mehr in die menschenleeren Straßen, hier fand sie etwas Ruhe. Ein Lieferauto versperrte ihr den Weg. So war sie gezwungen, vor dem Wagen zu warten.

„Wir fahren gleich wieder weg. Einen Augenblick, bitte", sagte der, der den Wohnungskram in Kisten und Wäschekörben aus dem Haus brachte. Beate sah den Männern beim Packen des Autos zu. Es machte ihr nichts aus, eine Zeit vor der Haustür zu verweilen. Sie waren flink, diese Möbelpacker. Der Lieferwagen war jetzt fast voll bestückt. Beate sah in den Flur des Hauses, erblickte etwas Rotes, das von zwei Männern auf dem Treppenabsatz näher zur Haustür gebracht wurde.

„Mein Gott, ist das Ding schwer", sagte der eine, ließ das schwere Möbelstück los und zog sein Taschentuch aus der Hosentasche. Er wischte sich den Schweiß von der Stirn. Ungeduldig erwiderte der andere: „Los, komm schon, pack unten an, dann geht das schon."

Auf der Straße abgestellt, stand das riesengroße Sofa in seiner ganzen Pracht vor ihren Füssen. Beate war gefesselt von diesem Anblick, und sie bemerkte, wie sie dieses Möbelstück von dem Augenblick an, wo es vor ihr stand, einfach schön fand. Die hohe Lehne für den Rücken und die geschwungenen Armlehnen, vor allem aber gefiel ihr der samtartige Stoff. Als hätte sie nie etwas Schöneres in ihrem Leben gesehen, betrachtete sie voller Begeisterung diese Sitzgelegenheit. Es kam ihr nicht in den Sinn, sich so etwas wünschen zu können.

Von den Männern kaum beachtet, starrte sie auf das knallrote Sofa, das jetzt beinahe verloren mitten in der Gasse stand. Das passt doch gar nicht zu mir, redete sie sich ein, als sie sich in Gedanken das Sofa in ihrer Wohnung vorstellte. *Ich könnte mich aber darauf ausruhen, bräuchte nicht jedes Mal ins Schlafzimmer, wenn ich mal eine kleine Ruhepause machen möchte.*

Sie erinnerte sich zurück an zu Hause. Beate war in ihrer Wohnung einfach eingerichtet. Im Wohn- und im Schlafzimmer standen nur die wichtigsten Möbelstücke. Beate träumte mit offenen Augen und das am helllichten Tag … Sie hätte sogar eine freie Wand im Wohnzimmer, waren ihre Überlegungen. Ein bisschen wäre es, wie es zu Hause war, sie hätte dann etwas irgendwie Heimatliches in ihrem gediegenen Bereich.

Während sie weiter auf der Straße wartete, dass sie ihren Spaziergang fortsetzen konnte, wurde es lauter in dem Hausflur. „Wie sollen wir das Sofa in das Auto transportieren?"

Es schien die Stimme des Wohnungsbesitzers zu sein, der mit seinen Armen herumfuchtelte. Vor lauter Aufregung, sah er nicht auf die Straße. Er blieb im letzten Moment vor seinem Sofa stehen, bevor er darüber stolperte.

Als Beate sah, wie ungeschickt der Mann direkt auf das Sofa zusteuerte, grinste sie und hielt sich die Hand vor den Mund, um nicht laut loslachen zu müssen. Er sah in den bepackten Wagen und schüttelte den Kopf. „Das geht niemals dort hinein", schrie er seine Gehilfen an.

„Wir holen es ab, wenn wir das alles ausgeladen haben", beruhigte ihn der Mann, der alles im Griff zu haben schien. „Wir lassen das Sofa einfach hier stehen, wird schon keiner mitnehmen …", und auch er fing an, über ihn zu lachen. „Was ist das nur für ein Angsthase!", murmelte er vor sich hin, schüttelte den Kopf und wunderte sich.

Beate konnte ihm seine Verwunderung ansehen. Die Ängste des Besitzers schienen unbegründet. Die beiden Männer blickten gleichzeitig erstaunt auf Beate, als wäre sie eine unwirkliche Erscheinung. „Auf was warten Sie?", fragte sie der „Macher".

„Ich wollte am Wagen vorbei, es ist zu schmal, da komme ich nicht durch."

Er schüttelte wieder den Kopf. Das tat er, so stellte Beate in der kurzen Zeit, da sie hier stand, fest, immer wenn ihm etwas seltsam vorkam. Warum sind Sie denn nicht zurückgegangen, als hier so lange zu stehen." Er schaute sie von oben bis unten an. „Wissen Sie, ich habe da eine Idee", sprach er Beate an, als würde er die Idee seines Lebens haben. „Bleiben Sie hier und passen Sie auf unser Sofa auf, während wir zur anderen

Wohnung fahren und das Auto ausräumen." Er räusperte sich, als würde ihm seine Unverschämtheit, sie einfach so aus heiterem Himmel anzusprechen, peinlich sein.

Wahrscheinlich wäre er von seinem Vorschlag wieder abgekommen, wenn Beate nicht spontan zugesagt hätte. Erstaunt über ihre Zusage, fuhr er mit dem Wohnungsbesitzer davon. Die Gasse war wieder frei, nachdem das Sofa an die Seite gestellt worden war.

Beate saß auf dem roten Sofa und behütete das Möbelstück. Es war, als wäre sie zu Hause. Im Wohnzimmer der Eltern stand ein ähnliches rotes Sofa, ein Möbelstück ihrer Großeltern. Obwohl Beate seit Jahren ihre Erinnerungen an zu Hause verdrängte, blieb es nicht aus, dass das Drama ihrer Eltern auch nach der langen Zeit gegenwärtig blieb.

Der Tag heute jedoch war für Beate eine willkommene Abwechslung in ihrem sonst ereignislosen Leben. Die Gasse, abseits von dem

Geschehen der Altstadt und vom Lärm, war ein Ort, an dem kaum jemand vorbeikam. So konnte sie ihren Auftrag als Bewacher in Ruhe und bequem sitzend ausüben, ohne groß aufzufallen.

In den Minuten des Wartens vergnügte sie sich mit dem Gedanken, dass sie darüber nachdachte, sich ein rotes Sofa in ihr Zimmer zu stellen. Etwas kleiner vielleicht, aber dieses Rot an einem Sofa hatte ihr im Augenblick des Entdeckens gefallen — nein, sie konnte sich sogar nicht daran satt sehen.

Etwas Melancholie stellte sich bei ihr ein. Eine ganz andere Seite entdeckte sie an sich. Während sie nachdachte und dabei beinahe den Versuch unternahm, sich auf dieses schöne rote Sofa lang ausgestreckt zu legen, bog der Wagen im Moment ihrer Träume an ein neues Wohnzimmergefühl rückwärts in die Gasse.

Etwas knifflig das Ganze, aber der „Bestimmer" winkte emsig mit beiden Händen dem Fahrer zu und zeigte ihm den Weg, wie er einzuparken hatte. „Na, wie war es so auf dem Sofa?", fragte er. „Wir bekommen das Sofa nicht in die neue Wohnung, so ein Ärger."

Der ehemalige Wohnungsbesitzer, er war etwas ruhiger geworden, stand vor seinem Möbelstück und schien darüber nachzudenken, was damit passieren sollte. Beate konnte in seinem Gesicht den Unmut erkennen. Die Arme in die Seiten gestemmt, fragte er seinen Kollegen: „Was soll ich nur machen?"

„Frag doch mal die junge Frau."

Der Besitzer sah Beate an. „Würden Sie das Sofa wollen?" Fast im Spaß fragte er sie das.

„Ja", antwortete Beate kurz und mit fester Stimme. „Ich nehme es."

Beates Zusage überraschte den Besitzer. Die Konditionen wurden mit ihr klar gemacht. Der Eigentümer war erleichtert, sein Problem gelöst zu haben. Er stand fast etwas hilflos vor seinem Möbelstück und konnte kaum glauben, wie schnell die Abwicklung seiner Sorge, wohin mit dem Sofa, einen guten Lauf vernahm.

Über den Transport des Möbelstücks in Beates Wohnung, wurden sie sich schnell einig. Die Umzugsleute brachten ihr das Stück in die Wohnung, schleppten es in die erste Etage, ohne zu murren und ohne dass jemand sein Taschentuch für den Schweiß aus der Hosentasche zog. Es hätte auch den Anschein haben können, sie hätten auf diese Aktion gewartet und wären froh, das Sofa auf diese Weise loszuwerden. Ein kleiner Betrag, eher ein Obolus, wurde von Beate mit einem gewissen Herzklopfen dem ehemaligen Besitzer übergeben.

Und schon stand das knallrote Sofa in Beates Wohnzimmer. Ein neues Teil in ihren vier Wänden, das sich wie ein Fremdkörper in der einfachen Einrichtung präsentierte und den Raum mit seiner Größe einnahm. Es war etwas ungewöhnlich für sie. Immer wieder sah Beate aus einer Ecke des Zimmers das neue Teil von dieser Perspektive aus an. Durch die überraschende Anschaffung wirkte ihr Wohnzimmer nun weniger groß. Gewöhnungsbedürftig in Beates kleiner Welt.

Es hatte, je länger sie ihre knallrote Errungenschaft ansah, sogar etwas Erotisches an sich. Beate wunderte sich schon sehr über ihre Gefühlslage — ein Gefühl von ein bisschen Heimat.

Für Beate war dieser Tag ein ereignisreicher. Sie hatte nichts weiter getan, als in ihren freien Stunden einen Spaziergang durch die alten Gassen in ihrer Stadt zu machen. Und doch war dieser Tag aufregender als je zuvor.

Hektischer Tag

Den heutigen Tag wollte Beate schnell hinter sich lassen. In ihrer Abteilung waren Schwerstfälle, die am frühen Morgen von der

Intensivabteilung auf die Station gebracht worden waren. Beate war gerade dabei, die Tabletts zu ordnen und das erste Zimmer zu bedienen, da ging es los.

Die Oberschwester gab ihr den Auftrag, für die Patienten Tee zuzubereiten. Für einige etwas Zwieback oder eine Scheibe Graubrot. Beate kam aus ihrem Rhythmus. Aber sie tat alles, ohne zu murren, brachte Tee und Zwieback mit einem fröhlichen Morgengruß zu den Patienten.

Als sie wieder in ihrem täglichen Takt vom Frühstück war, ging der Oberarzt mit forschen Schritten an ihr vorbei. Irgendwie lief sie rot im Gesicht an. Sie konnte sich das nicht erklären, denn er ging oft an ihr vorbei, ohne zu grüßen. Doch nun hatte er ihr einen schönen guten Morgen zugerufen.

Beate, sonst meist in gebückter Haltung, stand plötzlich kerzengrade vor ihrem Container mit den Frühstückstabletts. Nach Jahren der Ereignislosigkeit hätte sie nicht mal im Traum daran zu denken gewagt, von ihm so freundlich begrüßt zu werden.

„Was sind Sie so rot im Gesicht?", fragte die Patientin, mit der sie schon mal an manchen Tagen ein paar Worte wechselte. Beate war es äußerst peinlich, daraufhin angesprochen zu werden.

„Mir ist nur ein bisschen zu warm", erwiderte sie und hastete, ganz gegen ihre Gewohnheit, aus dem Krankenzimmer. Im Flur, sie holte die Tabletts für das nächste Zimmer aus dem Wagen, dachte sie an ihre ehemalige Kollegin.

Rita wäre erstaunt, von ihr zu erfahren, dass der Oberarzt sie mit einem Morgengruß bedacht hatte. Nur wäre das für Rita nur ein Anlass zu sagen: „Der führt nur etwas im Schilde; pass auf, in den nächsten Tagen kommt der mit irgendeiner Sache auf dich zu, die einen Haken hat."

Beate sah Rita nur noch selten. Sie konnte ihr das nicht sofort berichten. Und wenn sie zu Hause wäre, würde sie bestimmt nicht mehr daran denken.

Die Oberschwester kam direkt auf sie zu. „Beate", sagte sie zu ihr. „Machen Sie, wenn Sie das Mittagessen ausgeteilt haben, für die Schwerstpatienten wieder Tee, und wenn die Patienten es möchten, geben Sie auch Zwieback dazu."

Beate wunderte sich sehr, denn das machten doch sonst nur die Krankenschwestern, damit war sie noch nie beauftragt worden. So viel an Beachtung war ihr in den vielen Jahren noch nicht zuteil geworden. Erst der Oberarzt, dann die Schwestern, sie sprachen sie sogar mit ihrem Namen an.

Beate war an diesem Tag oft in der kleinen Küche; sie bereitete den Tee für die Patienten und legte je nach Wunsch den Zwieback dazu. Dementsprechend würde sie die kleine Küche aufräumen müssen und ihren Bus verpassen. So flink waren ihre Füße nicht mehr.

Sie hatte sich, seit sie im Krankenhaus beschäftigt war, mit ihren Kräften verausgabt.

Mehrere Wochen lang war sie etwas früher als gewöhnlich losgelaufen, damit sie in der Zeit an der Haltestelle war. Beate machte ihren pünktlichen Feierabend.

So hatte sie ihren strukturierten Alltag. Der Morgen begann bei ihr mit einem Schluck Kaffee und oft einem trockenen Brötchen vom Vortag. Dann die Busfahrt und mit anschließenden schnellen Schritten ins Krankenhaus.

Etwas Mechanisches steckte in ihrer Tätigkeit. Es funktionierte seit Jahren mit einer gewissen Technik, die sie sich damals angeeignete. Den Container stellte sie so, dass sie den Ärzten und Schwestern nicht in die Quere kam. Das hatte den Vorteil, dass sie bei dem hektischen Ablauf der Visite nicht störte. So konnte sie pünktlich und sicher mit der Essensausgabe zu einer vorgegebenen Zeit fertig sein.

Neue Liebe?

*A*m heutigen Tag war alles etwas anders. Die Neuzugänge aus der Intensivstation brachten Beates Tagespensum völlig aus dem Rahmen. Sie verpasste den Bus, mit dem sie täglich nach Hause fuhr. Das Aufräumen der Küche hatte doch länger gedauert.

Für sie war es eine ungewöhnliche Zeit. Schon die eine Stunde später brachte ihren Tagesablauf durcheinander. Unruhig lief sie an der Haltestelle hin und her. Weiter wollte sie sich nicht entfernen. Denn sollte sie auch den nächsten Bus verpassen, wäre das eine Katastrophe für sie. Manchmal sah sie in die Richtung, aus der ihr Bus kommen musste. Was für ein Quatsch, dachte sie. *Der kommt erst in einer halben Stunde.*

Wieder blickte sie in die Richtung, dabei schaute sie in ein Gesicht. *Warum hat dieser Mann mich angelächelt?*

Sicher war sie nicht. *Meinte er mich?* – Es überraschte sie. *Wie konnte er mich meinen? Ich kenne hier keinen Menschen und einen Mann schon mal gar nicht.*

Ganz gegen ihre Gewohnheit, sah sie wieder hin. Sie tat so, als würde sie noch einmal Ausschau nach ihrem Bus halten. Sie beugte sich etwas vor; so konnte sie ihn genauer ansehen. Ein Mann in ihrem Alter, gut angezogen, eine Aktentasche und die Haare mit einem Gel nach hinten gekämmt. Mit dem Blick, den sie sich als getarnt geltend erlauben wollte, klappte das nicht so unauffällig wie sie es wollte.

Er lächelte sie wieder an.

Was habe ich nur an mir, fragte sie sich. Sie war nicht davon überzeugt, begehrenswert zu sein. Sie wollte lieber mit Zurückhaltung auf ihren Bus warten. Weit voneinander entfernt standen sie nicht. Beate schaute auf ihre Schuhe, um nicht in Versuchung zu kommen, wieder in seine Richtung sehen zu müssen.

Da stand er vor ihr. „Fahren wir zusammen?",
fragte er.

„Wohin wollen Sie denn?"

„Ich muss in die nächste Stadt, habe dort noch
einen Termin."

„Nein", sagte Beate zu ihm, „ich fahre in die
andere Richtung."

„Kommen Sie, laufen wir doch ein Stück
zusammen."

Beate sah auf die Uhr. „Mein Bus kommt in
zehn Minuten."

„Da haben wir noch viel Zeit."

Sie ging mit ihm, mit einer Selbstverständlichkeit, die sie nach einigen Schritten erschreckte.
Was will er von ihr?

„Haben Sie Feierabend? Ich habe Sie hier noch
nicht gesehen."

„Nein, ich musste nur noch etwas länger
arbeiten", antwortete Beate kurz und knapp. Sie
sah, wie ihr Bus ganz langsam auf die Haltestelle
zufuhr.

Er bemerkte, dass sie unruhig wurde. „Wann können wir uns sehen?"

Beate war in Eile und willigte ein, sich am nächsten Tag, gleicher Ort, gleiche Zeit, zu treffen. Sie musste jetzt rennen; mit Mühe erreichte sie den Bus nach Hause. Beate hörte noch das Knirschen der Bustür. *Gerade noch gut gegangen.*

Und schon fuhr der Bus los. Sie schaute zurück, sah den Mann aber nicht mehr. Auf was habe ich mich da nur eingelassen? fragte sie sich, während sie sich auf „ihren" Platz hin zubewegte.

Z w e i f e l

Mitten in der Nacht wachte Beate auf. Sie lag auf ihrem roten Sofa. Die Krimskrams-Tasche ruhte daneben. So ganz gegen Beates

Gewohnheit und ihre Liebe zur Ordnung, war sie gestern erschöpft auf das Sofa gefallen. Schon als sie die Wohnungstür aufgeschlossen hatte, atmete sie mit großer Erleichterung auf. Froh war sie, endlich wieder ihre Ruhe finden zu können; so warf sie sich auf ihr „Refugium", das für sie ein Stück von Zuhause geworden war.

Beate setzte sich auf den Rand ihres Sofas und überlegte in der Dunkelheit der Nacht, wie sie sich hinüber in ihr Bett bewegen sollte, und sie stellte sich die Frage, ob sich das noch lohnte. Ihr Magen knurrte laut. Sie griff nach ihrer Krimskrams- Tasche; darin hatte sie in der Tüte noch ein weiches Brötchen, mit Käse überbacken, vom Vortag. Beate knautschte an dem Brötchen herum.

Ihr war nicht wohl bei dem Versprechen, das sie ihrer Zufallsbekanntschaft gegeben hatte. Was will er? fragte sie sich immer wieder. Eine seltsame Unruhe entstand in ihr, je länger sie darüber nachdachte. Änderungen in ihrem Leben hatte sie bis jetzt geschickt von sich gehalten. Und dann sollte sich bei ihr in einem Augenblick durch eine flüchtige Bekanntschaft in ihrem Leben etwas verändern?

Beate hatte das nicht erwartet und konnte zurzeit nicht damit umgehen. Gedanklich warf sie dies aus der Bahn. Es war nicht das, was sie je erstrebt hatte.

Bevor sie sich in ihr Bett begab, hatte sie sich dann doch entschlossen, die Verabredung einzuhalten. Sie wollte abwarten; bisher blieben ihr solche gewagten Versuchungen unter anderem auch aus Mangel an Gelegenheiten versagt. Sie traute sich … sie wollte sich trauen.

Manchmal kam die Erinnerung aus vergangenen Zeiten zurück. Wenn auch nur für kurze Momente, die Beate für unerträglich hielt. Sie war damals zum Gespött ihrer Umgebung geworden, was ihr aus unerklärlichen Gründen heute noch naheging. Die Vorkommnisse, die aus ihr das machten, was sie heute war, spürte sie besonders an den Feiertagen. An Weihnachten insbesondere.

Im Krankenhaus war sie in dieser Zeit recht beliebt. Sie machte den Dienst an den Tagen, an dem die Kollegen gern zu Hause blieben und sich im Familienkreis am Fest mit Braten und gegenseitigen Geschenken erfreuten.

Es waren die Stunden, denen sie gern aus dem Weg ging. Das Festmahl, das sie den Patienten brachte, fiel eher schmal aus. Doch sie blieb schon mal am Bett stehen und hörte den Kranken zu. Sie hatten immer viel zu erzählen; meist waren es die Älteren, die auf irgendjemanden warteten, oft auch vergebens. So sprachen sie Beate an und sie hörte einfach nur zu. Zurückhaltend in ihrem Wesen, sah man sie oft als bieder an. Beinahe unnahbar, aber an den Feiertagen nahm sie Anteil an dem Erzählten „ihrer" Patienten.

Die große Liebe, die in Beates Leben auch die Einzige war, damit war es abrupt vorbei. Nachdem sie beide es damals erfuhren, was zu

Hause passiert war, hatte Werner nur noch den Verlobungsring von ihr entgegengenommen. Kein Handschlag, kein Blick mehr von ihm. Er ging einfach fort. Der Abschied schmerzte sehr.

Beate war der Peinlichkeit gleich zweier Familien ausgesetzt. Und als Werner schon nach kurzer Zeit in der Stadt eine andere geheiratet hatte, quälte sie sich mit Gedanken an den Tod. *Wie wäre es, wenn ich einfach nicht mehr da wäre? Der Schmerz in mir wäre vorbei.*

Veronika wollte sie trösten. „So schnell stirbt man nicht."

Beate ließ keinen an sich heran. Bis sie den Entschluss fasste, zu verschwinden, weg aus dem Ort, wo sie eigentlich immer glücklich gewesen war. Alles hatten sie zusammen gemacht. Als sie sich das erste Mal trafen, da waren sie noch Kinder. Aus dieser Zeit, die so abrupt endete, war in ihr viel verloren gegangen. Sie war damals ein fröhlicher Mensch; unbedarft und mit einer Art von Naivität ging sie damals auf Menschen zu.

Hoffnung auf eine neue Bekanntschaft hatte sie nicht, seit sie mit der Vergangenheit abgeschlossen hatte. Es kamen Jahre ohne Zukunftspläne. Beate stürzte sich voll in ihren neuen Beruf. Es war ein Glück für sie; schon nach einem Vorstellungsgespräch im benachbarten Ort wurde sie eingestellt.

Zeitnah bezog sie die kleine Wohnung im ersten Stock. Mit einem Koffer und ihren persönlichen Dingen kam sie dort an. Die einfachen Möbel übernahm sie vom Vormieter. Im Schlafzimmer – ein Bett ohne Schnörkel und ein Kleiderschrank, der nur einen Meter breit war. Das Wohnzimmer war eigentlich ein Esszimmer mit einem runden Tisch, zwei Stühlen und einem Büfett. Die Küche mit einer Zeile aus Spülbecken, einem Zweiflammenherd und einem Hängeschrank darüber; für das wenige Porzellan, was sie in ihrem Koffer mitbrachte, reichte das aus.

Nach einigen Monaten kaufte sie sich einen Sessel mit einem kleinen Tisch für den Fernseher.

Die Einrichtung war ihr nur recht. Hauptsache: Sie war funktionell, und Beate hatte eine Unterkunft.

Beates Rendezvous

Sie war etwas zu früh an der Bushaltestelle. Für ihre erste Verabredung mit einem Fremden … Beate fühlte sich miserabel.

Mit sich selbst nicht im Reinen, was sie da tat, stand sie mit einem Gefühl von Unsicherheit an der Stelle, wo sie sich gestern begegnet waren. Die Überlegung im Kopf, wie sie aus dieser Situation wieder herauskam, plagten sie Zweifel, wie es sein würde. Über was soll ich mich mit ihm unterhalten? fragte sie sich. Es wäre ihr lieber gewesen, mit dem Bus nach Hause zu fahren.

Während sie an ihrer Tasche herumfummelte, stand er plötzlich direkt vor ihr. „Da sind Sie ja!" Er schnappte sie am Arm und ging mit ihr in die Richtung, aus der er gestern gekommen war. „Beinahe befürchtete ich, Sie würden nicht kommen."

Beate war nicht mal zu Worte gekommen. Forsch plauderte er drauf los. Was sollte sie daraufhin sagen? Irgendwie war sie in Gedanken schon auf dem Heimweg gewesen, und es gefiel ihr nicht, dass sie überhaupt nichts von diesem Mann wusste. Beate sah ihn an, aus dem Blickwinkel eines Augenschlags war sie erstaunt, wie gut er aus der Nähe aussah.

„Ich dachte wir gehen ein Stück, bis zum Café."

„Wenn Sie meinen, können wir uns dort erst mal vorstellen." Beate muckte innerlich auf, indem sie ihren Nacken streckte. *Der tut ja so, als wären wir schon viele Jahre befreundet.*

Er merkte wohl, wie sie eine abweisende Haltung annahm. Spätestens nachdem sie sich heute trennten, würde sie weitersehen. Ein leichter Sommerwind kam auf. Das Kleid, das sie trug, war aus „alten Zeiten". Ein Überbleibsel aus dem Koffer, mit dem sie der Vergangenheit entsagt hatte. Der Rest aus dem anderen Leben. Der leichte Blumenstoff wehte um ihren Körper. Es stellte sich bei Beate eine gewisse Leichtigkeit ein.

Er hielt sie weiter am Arm fest, ein gutes warmes Gefühl, das sich bei ihr einstellte. Es überraschte sie. Sie waren angekommen. „Wollen wir uns im Garten einen Platz suchen?", fragte er sie mit ruhiger Stimme.

„Oh, ja gerne." Er trank ein Glas Wein. Stattdessen nahm sie ihrer Gewohnheit nach einen Milchkaffee. Die Hände hielt sie unter dem Tisch. Sie schaute erstaunt auf die vielen kleinen Risse auf der Innenseite. So bewusst hatte sie ihre Hände nie angesehen. *Das kann von der Putzerei mit den scharfen Desinfektionsmitteln kommen, ich muss wieder die Handcreme benutzen. Vielleicht werde ich zur Nacht meine Hände mal dick eincremen.* Der Blick auf ihre Hände hatte sie von ihrer Umgebung abgelenkt.

Sie erschreckte, als ihr Begleiter sie ansprach. „Woran denken Sie?", wollte er wissen.

Peinlich berührt, dachte Beate: Das ist schon seltsam, jetzt über meine Hände nachzudenken. Beate mochte ihm nicht sagen, woran sie gerade dachte. „Ach", sagte sie. „Ich habe nur über etwas nachgedacht."

„Kann ich das wissen?", fragte er.

Lächerlich von mir, wie ich mich benehme. Es war ihr in diesem Moment peinlich, dass er ihre Grübelei überhaupt bemerkt hatte. „Es ist nichts Wichtiges, das wir darüber sprechen könnten." Sie versuchte, mit diesen Worten abzulenken und fragte nach seinem Namen.

„Ja, stimmt ja", erwiderte er gleich darauf. „Wir wissen ja noch nicht mal unsere Namen."

Beate rückte sich auf ihrem Stuhl zurecht und strich sich übers Kleid. Während sie für kurze Zeit in Gedanken versunken war, schien sie in ihre übliche Haltung zurückgefallen zu sein. Sie gab den Anstoß, sich endlich vorzustellen. Dabei setzte sie sich mit geradem Rücken auf ihrem Stuhl hin, legte die Hände sichtbar auf den Tisch, um wieder weiter an ihrem Milchkaffee zu trinken.

„Ich bin Markus", sagte er, nachdem er sie von gegenüber mit wachen Augen beobachtet hatte.

Beate, war, nachdem sie sich in eine bessere Sitzposition gebracht hatte, bereit, sich um eine bessere Konversation mit ihrem Begleiter zu bemühen. „Beate", antwortete sie ihm. Sie wiederholte noch einmal ihren Namen „Ich heiße Beate, arbeite im Krankenhaus." Ein leichtes Lächeln lag um ihre Mundwinkel. Ein schöner Name, dachte sie. *Wie wird sein Name aus seinem Mund klingen?*

„Beate … ein schöner Name", sagte er. Markus sah in ihre Augen. Sie versuchte, ihm auszuweichen. Da griff er ihre Hand, hielt sie fest umklammert. Er fasste an ihr Kinn und bewegte ihr Gesicht in seine Richtung. „Warum schaust du weg?"

Beate spürte, wie ihr das Blut ins Gesicht schoss. Sie war verlegen über die Röte auf ihren Wangen. Es ärgerte sie, in solchen Augenblicken ihre Gefühle nach außen zu tragen. Jeder konnte ihre Verlegenheit erkennen.

Markus befand sich in dem Augenblick, als sie ihre Hände zurückzog, mit dem Kellner in einer stummen Absprache und hatte zwei Glas Sekt bei ihm bestellt. In dem Moment, als sie mit roten Wangen dasaß, stellte der Kellner das Glas Sekt vor sie hin.

Markus sah ihren erstaunten Blick, rutschte mit seinem Stuhl an ihre Seite. „Zum Wohle, Beate."

Seine guten Manieren gefielen ihr. „Ja, dann zum Wohle." Sie trank einen kleinen Schluck. Als sie das Glas wieder zurückstellte, kam er ganz dicht an sie heran, griff wieder ihr Kinn und zog Beate an sich heran – und küsste sie. Beinahe etwas zu lange, bis sie ihn leicht von sich schob.

Sie hatte sich ihre Lippen in einem leichten Rosa übermalt. Den Lippenstift, auch aus „alten Zeiten", hatte sie innen in der Seitentasche im alten Koffer gefunden. Für diesen Tag hatte sie den Koffer vom Schrank geholt, das Blumenkleid aufgebügelt. Dabei war ihr der Lippenstift gerade recht in die Hände gefallen.

Markus' Kuss war für Beate der Anlass, ihre Lippen neu zu übermalen. Der Blick in ihre Krimskrams-Tasche, um nach dem Lippenstift zu suchen, verhinderte, dass sie Markus ansehen musste. Sie zog die Lippen nach; das tat sie geschickt, indem sie die Tasche auf den Tisch stellte, und ohne dass Markus es sehen konnte, frischte sie mithilfe des kleinen Taschenspiegels ihre Lippen wieder in Rosa auf. Das Kleid mit den kleinen Blumen strich sie wieder glatt. Erst nachdem sie das alles erledigt hatte, sah ihn Beate wieder an. Markus betrachtete sie bei ihrer Prozedur. Er konnte ein Schmunzeln nicht verhindern.

Während er das Grinsen aus seinem Gesicht nicht verbergen konnte, spürte sie ein warmes Gefühl in sich aufsteigen. Es war, als würde sie durch Markus wieder zurück in alte Zeiten versetzt werden. So wie sie früher einmal war.

Es war plötzlich alles anders als in den vergangenen Tagen. Sie überlegte, seit wann sie sich nicht mehr so gefühlt hatte. Nein, ging es ihr weiter durch ihren Kopf, es waren Jahre, die sie in der Abgeschiedenheit von Gefühlen gelebt hatte. Allein die Tatsache, dass Beate nicht sah, was um sie herum passierte, gab ihr zu denken. – Der Garten war plötzlich mit Menschen voll besetzt; sie hatte es nicht bemerkt. Die Zeit um sie herum stand einfach still. Und Markus, der nichts weiter getan hatte, als sie anzusprechen, sich mit ihr zu verabreden und einfach so ein Glas Sekt hinstellte.

Vielleicht, dachte sie, verspricht er sich etwas von mir. Doch diesen Gedanken verwarf sie sofort wieder. Markus war sehr höflich, hörte ihr zu; ihr allein galt seine Aufmerksamkeit. Der Kuss war der Moment, wo sie wieder Leben in sich spürte. Ein schönes Gefühl, sie fühlte sich wohl in seiner Nähe. Es war nicht der Kuss allein; dieses schöne Gefühl versetzte sie in eine Art von Fröhlichkeit.

Als sie auf dem Weg zu ihrer Verabredung war, war sie schon von den Bewegungen ihrer Füße überrascht. Was für eine Leichtigkeit, mit der sie sich auf den Weg gemacht hatte. Alles, was ihr in den Jahren aus Zeitgründen und Zurückgezogenheit nicht gelang, war plötzlich, so schien es ihr, in diesem Augenblick wieder da.

Ihre Überlegungen hielten nur einige Minuten an. Beate nahm ihr Glas in die Hand, sah in seine Richtung. „Dann zum Wohl, Markus", sagte sie beinahe etwas frech.

Markus hielt ihr sein Glas entgegen, obwohl es schon leer war. „Na", sprach er, nachdem er ihr lange genug nur zuschaute. „Alles wieder in Ordnung …"

„Ich war lange nicht mehr in einem Café", meinte sie etwas verlegen.

Während beide wieder zu einer Konversation übergingen, sprachen sie über alles Mögliche, und sie waren sich schon in dieser kurzen Zeit des Kennenlernens nähergekommen. Vertraut saßen sie sich gegenüber. Markus war an dem Platz sitzen geblieben, als er sie küsste, um ihr näher zu sein.

Beate erzählte mit Enthusiasmus von ihrem Arbeitsbereich im Krankenhaus; es sprudelte nur so aus ihr heraus. Sie vergaßen die Zeit. Die Sonne ging langsam unter. Beate und Markus spürten den leichten Sommerwind; auch nach vielen Stunden erzählten sie aus ihrem Leben. Eine Kleinigkeit vom Käseteller, den sie sich geteilt hatten, stand noch auf dem Tisch.

Beate hielt es zu fortgeschrittener Stunde für besser, es für heute dabei zu belassen. Sie war noch nicht bereit, weitere Schritte mit ihm zu unternehmen.

An der Bushaltestelle angekommen, verlief der Abschied höflich, wie es Markus' Art war. Er küsste sie auf die Wange. „Danke für den schönen Abend."

Es sind seine Blicke, oder sind es seine Augen, die es mir angetan haben? dachte Beate, als sie in den Bus einstieg. Sie winkte ihm einmal zu und sie spürte noch im Nachhinein die Blicke von ihm.

An „ihrem" Platz angekommen, sah sie wie immer, wenn sie auf dem Weg nach Hause war, aus dem Fenster. Sie hörte nicht den Lärm der Straße, sie dachte über den schönen Abend nach und wie sie den Moment des Glücks in sich spürte. Jede Minute wollte sie noch einmal nachempfinden. *Danke für den schönen Abend.* Die Worte klangen weiter in ihren Ohren. Beate wiederholte sie leise vor sich hin. Es waren zärtliche Worte, die sie immer wieder hören wollte.

Sie kuschelte sich in ihre Strickjacke und zog sie enger um ihren Körper. Bevor sie sich weiter ihren Träumen hingeben konnte, war sie schon an der

Haltestelle angekommen, wo sie aussteigen musste.

Der nächste Morgen

*A*m nächsten Morgen ließ Beate den Wecker mehrmals klingeln. Wieder und wieder zog sie sich die Bettdecke über ihren Kopf, bis die Zeit, da sie dringend aufstehen musste, schon längst überschritten war.

Ist es wahr? Beate war auf dem Weg zu ihrer Arbeitsstelle. Immer wieder fragte sie sich: Bin ich etwa verliebt?

Sie quälte sich in ihrer Selbstlosigkeit. Sie hatte getrödelt, schwelgte in den Gefühlen vom Abend zuvor. Gefühle waren jahrelang von ihr unterdrückt worden.

Beate lief die zweitausend Schritte leichtfüßiger als an anderen Tagen. Mit gesenktem Kopf war sie diesen Weg gegangen. Heute schaute sie geradeaus, mit einer Fröhlichkeit, die sie selbst überraschte. Markus, Markus, sie hatte seine Stimme noch in den Ohren. Die Stunden mit ihm wollte sie in ihren Träumen festhalten.

Erst jetzt fiel ihr ein: Wo und wann wollten sie sich wiedersehen?

Lippenstift

Während Beate heute das Essen austeilte, sah sie manchmal etwas verschmitzt in den Spiegel, der gleich, wenn sie an der Tür eines Zimmers hinausging, an der Seite vom Waschbecken angebracht war. In jedem Zimmer schaute sie nun in den Spiegel – mit erstauntem Blick in ihr Gesicht. „Ich sehe ja heute ganz anders aus".

Beate blieb dabei: Die Lippen waren von ihr schon am Morgen wieder nachgezogen worden. Sie hatte Gefallen daran gefunden. Sie spürte, wie sich durch diesen kleinen Strich in Rosa auf ihren Lippen ein Gefühl von Sicherheit bei ihr einstellte.

Die Arbeit, die sonst bei ihr mehr mechanisch ablief, bekam für sie einen anderen Ablauf, einen anderen Sinn. Die Oberschwester, die an ihr sonst vorbeihuschte, sie niemals ansah, blieb stehen. Sie blickte Beate direkt ins Gesicht. „Was ist denn mit Ihnen los?" Beinahe vorwurfsvoll sprach die resolute Schwester sie an. Mit Kopfschütteln lief sie weiter.

Beate blieb an ihrem Container stehen und sah der Oberschwester nach; sie wunderte sich sehr über diese Äußerung. *Was habe ich schon gemacht, dass ich Aufsehen errege, wenn man mir nur ins Gesicht schaut?*

Am Nachmittag, es war Kaffeeausgabe, liefen die Kollegen nicht einfach so an ihr vorbei, wie sie es gewohnt war: Sie nahmen Beate wahr. Die Schwestern wussten nicht genau, wie sie damit umgehen sollten. Irgendetwas war anders an ihr und schon waren sie eilig an Beate vorbeigehuscht. Sie spürte die Aufmerksam ihrer Kollegen weit mehr, als sie jemals daran gedacht hatte, dass die Kollegen sie mal so beachten würden.

Anscheinend war durch das Bemalen ihrer Lippen ein Wandel bei ihr eingetreten.

Ihre Umgebung schien es so zu sehen. Die Belegschaft beruhigte sich bald wieder.

Beate machte ihre Pause in der kleinen Cafeteria. Sie saß allein, trank ihren mitgebrachten Kaffee, holte sich an der Ausgabe noch etwas warme Milch, als ihr der gestrige Abend noch mal durch den Kopf ging. Sie trank Schluck für Schluck den zubereiteten Milchkaffee und sah durch die anderen hindurch. Wie wird es weitergehen mit Markus und mir? grübelte sie. Nur nicht anfangen zu grübeln, ermahnte sie sich. Sie war so mit ihren Gedanken beschäftigt, dass sie beinahe die Zeit vergaß. *Ich werde noch zwei Stunden zu tun haben, dann werde ich mich auf mein rotes Sofa legen und mich ausruhen.*

Beate holte den kleinen Handspiegel aus ihrer Kittelschürze; der Lippenstift war unter der Schürze in der Hosentasche. Bevor sie diese Prozedur der kleinen Schönheitspflege begann, sah sie sich in der Cafeteria um. Sie nahm den Lippenstift, rollte ihn vor Aufregung ganz auf und sah nicht, während sie sich umsah, wie der Stift aus der Hülle einfach umknickte. Das Ganze fiel in die Tasse mit dem Rest des Milchkaffees. „Sehr komisch", sagte sie laut.

Einige Kollegen schauten zu ihr herüber. Beate sah sich gezwungen, mit dem Zeigefinger an den Rest der Hülle vom Lippenstift heranzukommen und ein wenig von der Farbe herauszuholen. Den Zeigefinger strich sie mit etwas Rosa über ihre Lippen, nahm erst jetzt den kleinen Spiegel zur

Hand, den sie zu verdecken suchte. Verärgert war sie über sich selbst, sich so linkisch zu benehmen.

Der gestrige Tag war ihr durchaus recht gewesen, schien aber ihr inneres Gleichgewicht erschüttert zu haben. Derartige Erlebnisse lagen viele Jahre zurück.

Als sie von ihrem Tisch aufstand, ordnete sie ihren Kittel, bei ihrem Missgeschick von eben wollte sie nicht noch einmal unangenehm auffallen. Ihr strukturierter Alltag war ins Wanken geraten. Die Ruhe zu Hause würde ihr guttun, beruhigte sie sich. Nach zwei Stunden Arbeitszeit verließ Beate das Krankenhaus und machte sich auf Weg zur Bushaltestelle.

Die fünftausend Schritte gaben ihr wieder Zeit, über Markus nachzudenken. Sie würde sehen, wann er sich meldete – nur, wie wird er sich melden? Sie wollte ihm gestern noch ihre Adresse aufschreiben; die Verabschiedung verlief schnell und unerwartet rasch kam der Bus.

Der Busfahrer, den sie schon jahrelang kannte, begrüßte sie freundlich: „Da sind Sie ja, dann kann ich ja losfahren." Während er so sprach, sah er sie erstaunt an, so wie die Kollegen sie heute ansahen. An ihrem Platz angekommen, konnte Beate in die Fensterscheibe des Busses sehen. Da es schon langsam dunkel wurde, sah sie ihr Gesicht, wie es sich in der Scheibe widerspiegelte.

Der Blick überraschte sie, und es wurde ihr klar, warum sie alle so seltsam ansahen. Es war ihre Verliebtheit, es waren ihre strahlenden Augen, der Ausdruck in ihrem Gesicht war es und nicht nur der Lippenstift, wie sie es zu glauben schien. Die Bewunderung, die ihr entgegengebracht wurde, der Eindruck, den sie seit dem gestrigen Tag, den sie mit Markus verbracht hatte, machte, wurden ihr unheimlich. Der Überschwang der Menschen, der sie in einen Mittelpunkt ihres Umfelds brachte, war ihr von jeher geradezu peinlich. Schon lange nahm sie sich von allen zurück, um nicht aufzufallen.

Anwandlungen einer Schwärmerei bemerkte sie unweigerlich an sich. Es mochte sein, dass Markus sie aus jener Zurückhaltung herausholen könnte. Schon überlegte sie, sich an der heutigen Mode zu orientieren. Der Stil ihrer Kleidung war praktisch und funktionell.

In Gedanken versunken bemerkte sie nicht, dass sie beinahe den Ausstieg verpasst hatte.

„Wollen Sie nicht aussteigen? Sie sind fast zu Hause", hörte sie den Busfahrer rufen. Der Bus, schon fast leer von Fahrgästen, hielt länger an der Haltestelle als gewöhnlich. Der Fahrer wartete geduldig, bis Beate ausgestiegen war, und winkte ihr, als sie an ihm vorbeiging, noch freundschaftlich zu. Er sah Beate länger nach, als er es sonst getan hatte.

Sie ging den Weg, den sie immer ging, schlenderte an den Schaufenstern vorbei, nahm die neue Herbstkleidung in Augenschein und blieb lange davor stehen. Die aktuelle Mode interessierte sie seit Jahren nicht mehr. Und doch, sie spürte wie ihre Gefühle von früher sich wieder bei ihr einstellten.

Das Blumenkleid, das sie gestern nach Jahren aus ihrem alten Koffer geholt hatte, wollte sie weitertragen. Darin fühlte sie sich wohl.

Beate drehte sich noch einmal um, sah in das Spiegelbild vom Schaufenster und wusste in diesem Augenblick, sie würde etwas für sich tun müssen.

Markus kommt nicht mehr

Wochen war es her, seit Markus ihr begegnet war.

Es blieb ihr nur dieser eine gemeinsame Nachmittag im Café, an den sie sich gern zurückerinnerte.

Manchmal sah sie aus dem Busfenster und glaubte, ihn an der gegenüberlegenden Straße sehen zu können.

Mittlerweile war es Herbst geworden. Zum Feierabend genoss Beate den Blick, wenn die Sonne durch die bunten Blätter der Bäume schien, dann machten ihr die vielen Schritte zum Bus nichts aus. Sie war mit sich zufrieden; der kurze Augenblick, als Markus sie geküsst hatte, hatte sie ins Leben zurückgebracht.

Der Weg zur Arbeitsstelle war jeden Tag der gleiche, doch sie entdeckte seither wieder das Schöne um sich herum. Selbst den Busfahrer sah sie plötzlich mit anderen Augen.

Jahrelang begrüßte er sie freundlich, hatte immer ein nettes Wort für sie auf den Lippen, wenn sie müde von der Arbeit im Krankenhaus in den Bus einstieg. Die wenigen Worte die er mit ihr sprach, taten gut.

Der Busfahrer

*E*ines Tages, nachdem sie beinahe zu spät zur Haltestelle kam, stutzte Beate. „Ihre Fahrkarte, bitte", sagte eine fremde Stimme. Es war ein anderer Busfahrer. Sie kramte wie immer in ihrer Tasche. Der Busfahrer wurde etwas ungeduldig.

„Hier bitte schön!" Endlich war es ihr gelungen, ihren Monats- Fahrschein zu finden. *Warum ist der Busfahrer nicht hier, der ist doch noch nie ausgefallen?* Sie dachte das erste Mal über diesen Mann nach. Irgendwie gehörte er zu ihrem Alltag. So plötzlich von einem auf den anderen Tag war er verschwunden.

Beate war hocherfreut, den Busfahrer wiederzusehen. Indem sie ihn herzlich begrüßte, entwickelte sich ein kleines Gespräch zwischen ihnen.

„Ich habe mal einige Tage Urlaub gemacht", sagte er.

„Wo waren Sie denn?", fragte Beate, die ihn ohne es zu merken, noch immer anstrahlte.

„Ich habe eine Tour durch Italien gemacht."

Beate stutzte; ruckartig kamen die Erinnerungen zurück.   „Habe ich auch mal gemacht, es sind viele Jahre her."

Der Busfahrer nahm die Gelegenheit wahr und fragte sie: „Ja, dann können wir uns mal darüber unterhalten."

„Oh ja, gerne." Beate hatte ihre Scheu im Großen und Ganzen abgelegt, sie ging jetzt offener mit den Menschen um. „Wir können ins Café gehen, es ist dort sehr gemütlich", forderte sie ihn auf.

„Ich muss jetzt fahren, aber wie wäre es nächste Woche?"

Beate gab ihm ihre Telefonnummer. „Gut, dann bis nächste Woche." Die Stimme …, dachte sie. *Warum habe ich nie darauf geachtet?* Es war immer beruhigend für sie gewesen, so im Vorübergehen, mit ihm einige Worte zu reden.

Sie saß an ihrem Fensterplatz und sah hinaus auf die andere Straßenseite. *Es ist sonderbar, da kennt man einen Menschen, geht an ihm vorbei, und plötzlich sieht man ihn mit anderen Augen.*

Sie hatten eine Verabredung getroffen, nie hätte sie daran gedacht, mit ihm so weit zu gehen. Ein angenehmes Gefühl nahm sie an diesem Abend mit nach Hause.

Es war anders, als bei Markus, es war ihr vertraut und nicht aufregend. Ihr war, als würde sie mit einem alten Freund diese Verabredung getroffen haben.

Sie war auf der Straße, wo sich ihre Wohnung befand. Ringsum waren die Geschäfte noch geöffnet.

Wie viele Jahre ist es her, als ich die Lust verspürte, in die Schaufenster zu sehen? überlegte Beate. *Eine Ewigkeit?* – Es war wohl die innere Ruhe, die bei ihr Einkehr gehalten hatte …

Beate wusste, mit *ihm* würde sie auch wieder an den Ort zurückkehren, wo sie einmal zu Hause war.

Leseprobe

Hautnah am Leben

Der Bäcker von nebenan

Als ihr am Abend zuvor der Bäcker von nebenan ein eindeutiges Angebot machte, war Ruth mehr als überrascht. Er war der letzte Kunde, nach einem anstrengenden Arbeitstag. „Na, dann habe ich es ja wieder hinter mir", sagte er zu ihr. Er zog seine Socken an, und nachdem er in seine abgetretenen Slipper hineingeschlüpft war, griff er nach seiner Jacke, die an der einen Seite des Behandlungsstuhls hing.

Ruth stand vor dem Sterilisiergerät, um die Geräte für den nächsten Tag wieder benutzbar zu reinigen. Sie war mit dem Rücken zum Bäcker gewandt und so sah sie ihn nicht.

Sie hatte es eilig. Der Frauenstammtisch war heute; dort wollte sie diesmal pünktlich erscheinen. Ruth drehte sich zu ihrem Kunden. „Das macht neunzehn Euro." Sie öffnete ihre kleine Kasse und wollte so schnell, wie es ging, ihren herbeigesehnten Feierabend beginnen.

Ruth staunte nicht schlecht: Der Bäcker von nebenan war gerade dabei, aus seiner Jackentasche zwei Piccolos zu ziehen. „Trinken Sie mit mir etwas Sekt?"

Die meisten Ereignisse dieser Art lagen bei Ruth weit zurück. Erstaunt und völlig überrascht über diesen „Überfall" nickte sie ihm zu, dachte sie doch zuerst: Den werde ich schnell los …

Schon nach dem ersten Schluck ging der Bäcker gleich weiter. „Wollen wir nicht ‚Du' zueinander sagen?"

Ruth nickte wieder, der Gedanke an den Stammtisch ließ sie nicht los.

„Ja, dann Prost, Ruth, ich heiße Josef!" – und womit Ruth nicht gerechnet hatte, er nahm sie mit einer Selbstverständlichkeit in den Arm und küsste sie mit Wollust.

Von solch einem dreisten Überfall war Ruth völlig überrumpelt. Sie schüttelte sich, nahm seine Hände von ihrer Taille, die er noch fester an ihren Körper hielt. „Komm, lass das mal sein!"

Sie schubste ihn von sich, doch er versuchte es noch ungenierter; als er sich blitzschnell mit seinen kräftigen Händen an ihren Brüsten versuchte, fand sie das von ihrem Gegenüber in höchstem Maße schnöselig. Ruth drehte sich um. Damit sie aus dieser heiklen Situation entkäme, sprach sie ihn auf seine Ehefrau an.

Josef senkte seinen Kopf, als ob er sich schämte.

Ruth ging zur Tür und verabschiedete ihren Kunden, wie sie jeden höflich verabschiedete.

„Ach", sagte er, als er aus dem Haus ging, „wir sollten doch noch einen Termin machen."

Als wäre er traurig über das, was er in Übermut soeben angestellt hatte, konnte Ruth kaum hören, was er sagte, so leise sprach er die Worte vor sich hin …

Mehr in Kürze …

Bücher

von

Regina Page

Wenn der Wasserkocher nicht mehr kocht

Tredition Verlag 2012

Plötzlich und unerwartet trifft Marion, eine Frau in der Lebensmitte, die durch ihr außerordentliches berufliches Engagement stets den Anforderungen ihres Chefs gerecht, aber gegen eine Jüngere ausgetauscht wurde, die Arbeitslosigkeit. Der Zufall hilft ihr, nach einer zweijährigen Zwangspause einen Neuanfang zu wagen.

Heimkinder in der Nachkriegszeit – die verlorene Jugend (Theaterspiel)

Engelsdorfer Verlag 2012

Bewegendes zu Heimkinder-Geschichten in der Zeit nach dem Zweiten Weltkrieg wird hier in kritisch-pointierter Darstellung auf die Bühne gebracht.

Stille Schreie

Engelsdorfer Verlag 2009 / Kindle Edition 2012

Die Not von Kindern und Jugendlichen in kirchlichen und staatlichen Heimstätten durch Vergewaltigungen, unbezahlte Arbeit von ehemaligen Heimkindern und vieles mehr soll nicht vergessen werden. Regina Page, Betroffene und Zeitzeugin tut dies in Geschichten von Heimkindern nach deren Erinnerungen.

Der Alptraum meiner Kindheit und Jugend

Engelsdorfer Verlag 2006 / Kindle Edition 2010

Das Buch gibt einen Einblick in die Politik um die Mitte des vergangenen Jahrhunderts. Dass so manches Kind in Institutionen kirchlicher und öffentlicher Träger traumatischen Erlebnissen ausgesetzt wurde, war lange Zeit nicht bekannt.

Vorträge

So haben wir es erlebt ...

Mit ihren Vorträgen zur Heimkinder-Problematik ist Regina Page seit 2006 in Pädagogischen Hochschulen eine gern gesehene Referentin. Sie sagt: „Prävention ist wichtig, damit kann ich einen kleinen Teil dazu beitragen, dass den Kindern eine bessere Zukunft bereitet wird. Zukünftige Pädagogen haben hier eine große Verantwortung.

Zufrieden mit sich selbst zu sein und sich selbst zu lieben sind wichtige Erziehungsziele. Nur dann kann man auch andere Menschen lieben – und das Schönste und Wichtigste, was wir haben: Unsere Kinder. Sie sind die Zukunft."

FSC
www.fsc.org
MIX
Papier | Fördert
gute Waldnutzung
FSC® C083411

Zeitfracht Medien GmbH
Ferdinand-Jühlke-Straße 7
99095 Erfurt, Deutschland
produktsicherheit@kolibri360.de